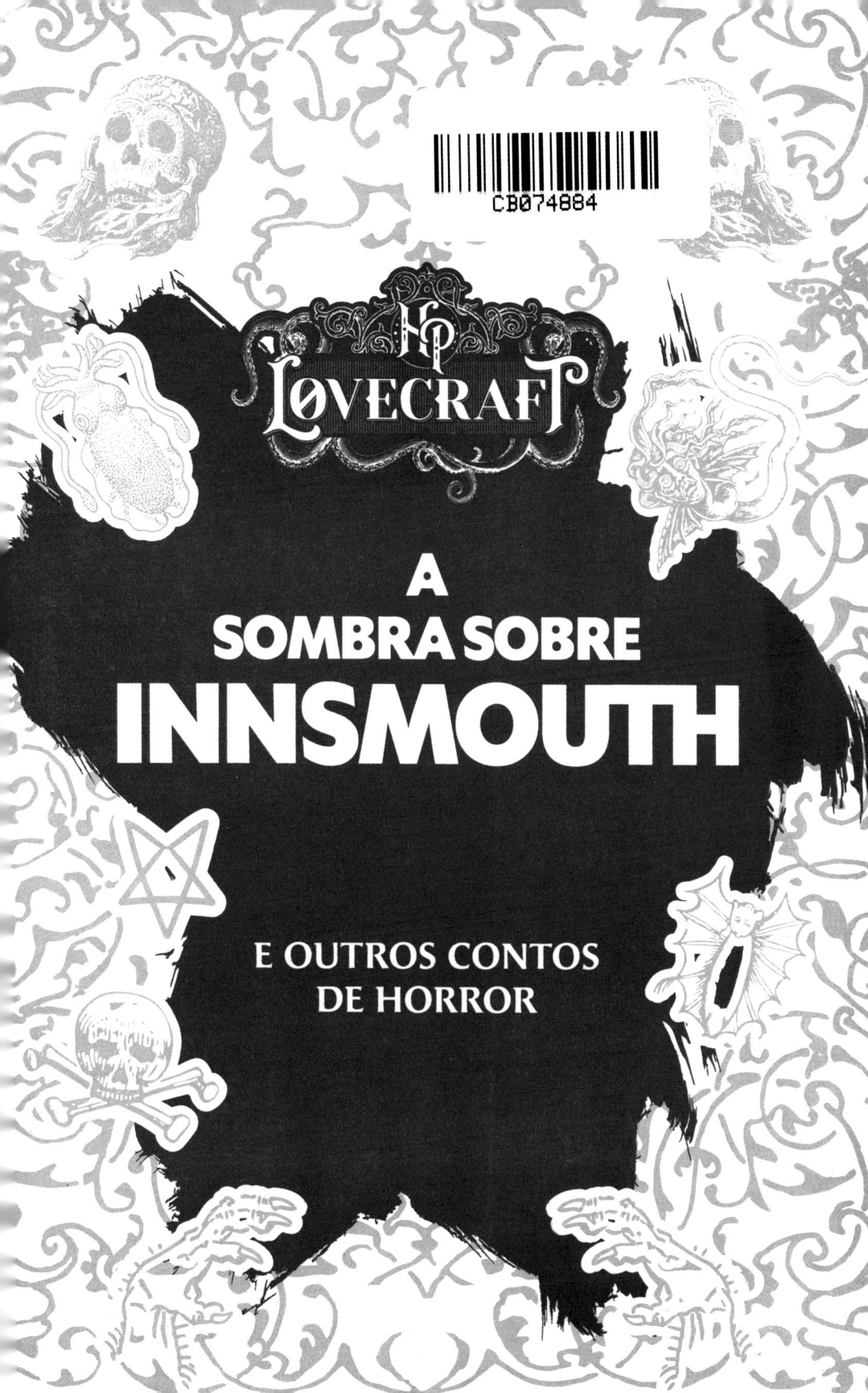

Título original: *The Shadow Over Innsmouth*
copyright © Editora Lafonte Ltda. 2022

Todos os direitos reservados.
Nenhuma parte deste livro pode ser reproduzida por quaisquer meios existentes sem autorização por escrito dos editores.

Direção Editorial   Ethel Santaella

REALIZAÇÃO

GrandeUrsa Comunicação

Direção   *Denise Gianoglio*
Tradução   *Ciro Mioranza*
Revisão   *Ana Elisa Camasmie*
Capa, Projeto Gráfico e Diagramação   *Idée Arte e Comunicação*

```
Dados Internacionais de Catalogação na Publicação (CIP)
       (Câmara Brasileira do Livro, SP, Brasil)

   Lovecraft, H. P., 1890-1937
      A sombra sobre Innsmouth e outros contos de
   horror / H. P. Lovecraft ; tradução Ciro Mioranza. --
   São Paulo : Lafonte, 2022.

      Título original: The shadow over Innsmouth
      ISBN 978-65-5870-247-4

      1. Contos norte-americanos I. Título.

22-103237                                      CDD-813
```

Índices para catálogo sistemático:

1. Contos : Literatura norte-americana   813

Cibele Maria Dias - Bibliotecária - CRB-8/9427

Editora Lafonte

Av. Profª Ida Kolb, 551, Casa Verde, CEP 02518-000, São Paulo-SP, Brasil – Tel.: (+55) 11 3855-2100
Atendimento ao leitor (+55) 11 3855-2216 / 11 3855-2213 – atendimento@editoralafonte.com.br
Venda de livros avulsos (+55) 11 3855-2216 – vendas@editoralafonte.com.br
Venda de livros no atacado (+55) 11 3855-2275 – atacado@escala.com.br

A SOMBRA SOBRE INNSMOUTH

E OUTROS CONTOS DE HORROR

Tradução
Ciro Mioranza

Brasil, 2022

Lafonte

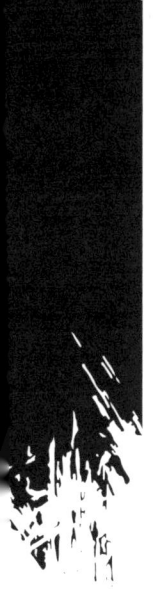

I	A SOMBRA SOBRE INNSMOUTH	6
II	A COR QUE VEIO DO ESPAÇO	98
III	A MÚSICA DE ERICH ZANN	140
IV	A CHAVE DE PRATA	154
V	O TEMPLO	172

A SOMBRA SOBRE INNSMOUTH

I

Durante o inverno de 1927-28, agentes do governo federal conduziram uma estranha investigação secreta, para averiguar certas instalações no antigo porto marítimo de Innsmouth, em Massachusetts. O público só ficou sabendo disso em fevereiro, quando ocorreu uma ampla série de buscas e prisões, seguida por intencionais incêndio e dinamitação – com as devidas precauções – de um enorme número de casas em ruínas, carcomidas por cupins e supostamente vazias, ao longo da orla marítima abandonada. As almas menos curiosas consideraram essa ocorrência como um duro golpe, dado no decorrer de uma inconstante guerra contra as bebidas alcoólicas.

Os seguidores mais atentos às notícias, contudo, ficaram admirados com o extraordinário número de prisões, as forças anormalmente grandes de policiais usadas para efetuá-las e o sigilo em torno do destino dos prisioneiros. Nenhum julgamento, nem mesmo acusações definidas foram tornadas públicas; tampouco, depois disso, foram vistos homens detidos nas prisões regulares da nação. Houve declarações vagas sobre doenças e campos de concentração e, mais tarde, sobre uma dispersão em várias prisões navais e militares, mas jamais houve confirmação. A própria cidade de Innsmouth ficou quase despovoada e, mesmo agora, está apenas começando a mostrar sinais de uma lenta retomada da vida.

Os protestos de muitas organizações liberais foram recebidos com longas discussões confidenciais, e uma comissão foi levada a visitar certos campos e prisões. Como resultado, essas sociedades se tornaram surpreendentemente passivas e reservadas. Muito mais difícil, porém, era lidar com os jornalistas, mas, no fim, parece que a grande maioria deles acabou cooperando com o governo. Somente um jornal – um tabloide sempre desacreditado por causa de seu viés sensacionalista – mencionou o submarino de exploração de águas profundas que disparou torpedos no abismo marinho, pouco além do Recife do Diabo. Essa notícia, colhida por acaso num local frequentado por marinheiros, parecia, de fato, um tanto duvidosa, visto que o recife baixo e negro fica a mais de 2 quilômetros do porto de Innsmouth.

Pessoas em toda a região e nas cidades vizinhas cochichavam bastante entre si, mas pouco diziam sobre o assunto para o mundo exterior. Haviam falado sobre a agonizante e semideserta Innsmouth por quase um século, e nada de novo poderia ser mais terrível ou mais hediondo que aquilo que haviam sussurrado e insinuado anos antes. Muitas coisas haviam lhes ensinado a se calar, e de nada adiantaria tentar pressioná-las. Além disso, sabiam realmente pouco, pois vastos pântanos salgados, desolados e inabitados, no interior da região, mantinham os vizinhos longe de Innsmouth.

Mas, enfim, vou desafiar a proibição de falar sobre isso. Os resultados, tenho absoluta certeza, são tão claros que nenhum dano público, exceto um choque de repulsa, poderia advir de uma simples insinuação do que aqueles homens horrorizados encontraram em Innsmouth. Além disso, o que foi descoberto pode ter mais de uma explicação. Não sei exatamente até que ponto a história toda me foi contada, mas tenho muitos motivos para não querer me aprofundar mais nela, pois meu envolvimento com esse caso tem sido mais próximo que o de qualquer outro leigo, e deixou em mim impressões que ainda podem me levar a tomar atitudes drásticas.

Fui eu que fugi, freneticamente, de Innsmouth nas primeiras horas da manhã de 16 de julho de 1927, e foram meus os horrorizados apelos ao governo, para que o casso fosse investigado e se tomassem as medidas apropriadas, que desencadearam todo o episódio noticiado. Eu estava disposto a ficar calado, enquanto o caso era recente e incerto; mas, agora que é uma história velha, sem interesse nem curiosidade por parte do público, tenho um estranho desejo de narrar, a meia-voz, aquelas poucas horas assustadoras naquele porto marítimo mal-afamado e malignamente sombreado de morte e de anormalidade blasfema. O simples fato de contar me ajuda a restaurar a confiança em minhas próprias faculdades e a ter certeza de que não fui o primeiro a me entregar a uma alucinação contagiante, um verdadeiro pesadelo. Isso me ajuda também a decidir sobre um certo passo terrível que ainda terei de dar.

Nunca tinha ouvido falar de Innsmouth até o dia anterior em que a vi pela primeira e – até agora – última vez. Eu estava comemorando minha maioridade com uma excursão pela Nova Inglaterra – visitando lugares turísticos, indo atrás de antiguidades e de interesses genealógicos – e planejava ir diretamente da antiga Newburyport para Arkham, de onde vinha a família de minha mãe. Eu não tinha carro, mas viajava de trem, de bonde e de ônibus, sempre procurando o trajeto mais barato possível. Em Newburyport, me disseram que eu poderia tomar o trem a vapor para Arkham; e foi apenas na bilheteria da estação, quando hesitei por causa do preço alto da passagem, que fiquei sabendo da existência de Innsmouth. O corpulento agente, de rosto astuto, cujo sotaque revelava que não era do lugar, pareceu apreciar meus esforços para economizar e me sugeriu uma solução que nenhum dos outros informantes havia oferecido.

"Acho que pode tomar aquele ônibus velho", disse ele, com certa hesitação, "mas não é muito procurado como meio de viagem por aqui. Vai por Innsmouth... deve ter ouvido falar a respeito... por isso as pessoas não gostam. É conduzido por um sujeito de Innsmouth... Joe Sargent... mas acho que nunca leva nenhum passageiro daqui, nem de Arkham. Muito me admira que continue rodando. Acredito que seja bem barato, mas nunca vejo mais de duas ou três pessoas dentro dele... ninguém além do pessoal de Innsmouth. Sai da praça... em frente à Drogaria Hammond... às 10 horas da manhã e às 19 horas, a menos que tenham mudado recentemente. Parece uma terrível ratoeira... nunca embarquei nele."

Foi a primeira vez que ouvi falar da obscura Innsmouth. Qualquer referência a uma cidade não indicada em mapas comuns ou mencionada em guias recentes teria me interessado, e a forma estranha com que o agente falou do lugar despertou em mim uma verdadeira curiosidade. Uma cidade capaz de inspirar tal antipatia em seus vizinhos, pensei, deve ser pelo menos bastante incomum e digna da atenção de um turista. Se ficasse antes de Arkham, eu desceria do ônibus ali; então, pedi ao agente que me contasse alguma coisa sobre ela. Ele se mostrou disposto a falar, e parecia sentir-se um pouco superior em relação ao que dizia.

"Innsmouth? Bem, é um tipo estranho de localidade, situada na foz do rio Manuxet. Era quase uma cidade... um porto e tanto, antes da Guerra de 1812... mas tudo foi reduzido a ruínas nos últimos 100 anos ou mais. Não tem mais ferrovia agora... a linha de Boston e Maine nunca chegou lá, e o ramal de Rowley foi abandonado há anos.

"Acho que há mais casas vazias do que pessoas, e quase não há comércio, exceto a pesca de peixes variados e de lagosta. Todos negociam, principalmente aqui, ou em Arkham, ou em Ipswich. Antes, havia certo número de fábricas, mas nada restou, com exceção de uma refinaria de ouro, que passa a maior parte do tempo sem funcionar.

"Essa refinaria, porém, tinha sido um grande negócio, e o velho Marsh, o dono, deve ser mais rico que o rei Creso[1]. Tipo muito esquisito, porém; fica a maior parte do tempo trancado em casa. Acredita-se que tenha contraído alguma doença de pele ou deformidade na velhice que o impede de aparecer em público. Neto do capitão Obed Marsh, que fundou a empresa. Parece que a mãe dele era estrangeira – dizem que era de uma ilha dos Mares do Sul –, por isso todos se escandalizaram quando ele se casou com uma garota de Ipswich, há 50 anos. Sempre fazem isso com as pessoas de Innsmouth, e os moradores daqui e das redondezas tentam esconder qualquer sangue de Innsmouth que tenham nas veias. Mas os filhos e netos de Marsh se parecem com qualquer outra pessoa normal, pelo que pude notar. Já me mostraram quem são... embora, pensando bem, eu não tenha visto os filhos mais velhos dele por aí, ultimamente. Nunca vi o velho.

"E por que todo mundo fala de Innsmouth com tanto receio? Bem, meu rapaz, não deve dar muita importância ao que as pessoas dizem por aqui. Elas são difíceis de falar, mas, depois que começam, não param mais. Andaram contando coisas sobre Innsmouth – cochichando-as, na verdade – nos últimos 100 anos, eu acho, e suponho que seja mais medo que qualquer outra coisa. Algumas das histórias fariam você rir – como aquela sobre o velho capitão Marsh negociando com o diabo e trazendo diabinhos do inferno para viver em Innsmouth, ou sobre algum tipo de adoração do diabo e de horríveis sacrifícios em algum lugar perto do

---

[1] Último rei da Lídia, império da Ásia Menor, Creso reinou entre 561 e 547 a.C. Sua lendária riqueza provinha das minas e das pepitas de ouro do rio Pactolo e do controle das rotas comerciais do Oriente. Creso foi o primeiro a cunhar moedas de ouro e prata. Foi vencido e morto pelo rei persa Ciro (N.T.).

cais, que os habitantes demoliram por volta de 1845 – mas eu sou de Panton, Vermont, e não consigo engolir esse tipo de história.

"Você deveria ouvir, porém, o que alguns dos velhos tempos falam sobre o recife negro ao largo da costa – Recife do Diabo, como é chamado. Fica bem acima da água uma boa parte do tempo, e nunca muito abaixo dela, mas dificilmente se poderia chamá-lo de uma ilha. A história é que existe uma legião inteira de demônios vistos, às vezes, naquele recife – espalhados por todo o recife, ou entrando e saindo de algum tipo de caverna perto do topo. É um rochedo acidentado e irregular, a pouco menos de 2 quilômetros de distância; e, perto do fim dos bons tempos de navegação, os marinheiros costumavam fazer grandes desvios só para evitá-lo.

"Ou seja, marinheiros que não eram de Innsmouth. Uma das coisas que eles tinham contra o velho capitão Marsh era que este, às vezes, ia até o recife à noite, quando a maré estava baixa. Atrevo-me a dizer que talvez fizesse isso porque a formação rochosa era interessante, e é bem possível que ele procurasse ali pilhagens de piratas, e talvez até as encontrasse; mas falavam que ele ia até lá negociar com demônios. O fato é que, na realidade, foi o capitão que deu a má reputação ao recife.

"Isso ocorreu antes da grande epidemia de 1846, que levou mais da metade dos habitantes de Innsmouth. Nunca se chegou a descobrir a causa da catástrofe, mas teria sido, provavelmente, algum tipo de doença estrangeira, trazida da China ou de outro lugar, via transporte marítimo. Certamente, deve ter sido terrível... Houve tumultos por causa disso, e todos os tipos de atos horríveis que não acredito que tenham acontecido fora da cidade... E isso deixou o lugar em péssimas condições. Nunca mais se recuperou... não deve haver mais de 300 ou 400 pessoas morando lá, agora.

"Mas a verdadeira causa por trás desse sentimento das pessoas é, simplesmente, preconceito racial... e não digo que estou culpando aqueles que o têm. Eu mesmo detesto esse pessoal de Innsmouth e não gostaria de ir à cidade deles. Suponho que saiba... embora possa ver que, por seu sotaque, é do Oeste... que muitos de nossos navios da Nova Inglaterra costumavam fazer negócios com estranhos portos da África, da Ásia, dos Mares do Sul, além de todos os outros lugares, trazendo, às vezes, pessoas estranhas de suas viagens. Provavelmente, você já ouviu falar do homem de Salem que voltou para casa com uma esposa chinesa, e talvez saiba que ainda há um bando de nativos das ilhas Fiji vivendo em algum lugar em torno de Cape Cod.

"Bem, deve haver algo assim na história do povo de Innsmouth. O lugar sempre foi muito isolado do resto da região por pântanos e riachos, e não podemos ter certeza sobre os detalhes do assunto; mas está bem claro que o velho capitão Marsh deve ter trazido para casa alguns espécimes estranhos quando tinha seus três navios em plena atividade, nas décadas de 1920 e 1930. Certamente, há uma espécie de tendência singular no povo de Innsmouth hoje... não sei como explicar, mas é algo que causa arrepios. Poderá notá-lo em Sargent, se tomar o ônibus dele. Alguns têm a cabeça estreita e esquisita, com nariz achatado e carnudo, olhos saltados e fixos, que parecem nunca se fechar, e sua pele não é normal. Áspera e coberta de crostas, e toda enrugada e pregueada nos lados do pescoço. Ficam calvos, muito jovens ainda. Os mais velhos têm a pior aparência... na verdade, não acredito que eu já tenha visto um indivíduo muito velho desse tipo. Acho que eles devem morrer de se olhar no espelho! Os animais os odeiam... eles costumavam ter muitos problemas com os cavalos antes da chegada dos automóveis.

"Ninguém por aqui, ou em Arkham, ou em Ipswich quer ter algo a ver com eles, e eles próprios agem de forma meio retraída quando vêm para a cidade, ou quando alguém tenta pescar em suas águas. É estranho como os peixes proliferam no porto de Innsmouth, quando não há praticamente peixes em outro lugar por perto... Mas tente pescar ali, e verá como as pessoas o expulsam! Eles costumavam vir para cá de trem... que tomavam, depois de uma caminhada, em Rowley, quando o ramal foi abandonado... mas, agora, usam aquele ônibus.

"Sim, há um hotel em Innsmouth... chamado Gilman House... mas não acredito que seja grande coisa. Não o aconselharia a se hospedar nele. É melhor ficar por aqui e tomar o ônibus das 10 amanhã de manhã; depois, pode tomar o ônibus noturno para Arkham, às 20 horas. Houve um inspetor de fábrica que pernoitou no Gilman alguns anos atrás e deu muitas informações desagradáveis sobre o lugar. Parece que recebem clientes estranhos ali, pois esse cidadão ouviu vozes em outros quartos... embora a maioria deles estivesse vazia... que lhe causavam arrepios. Era uma conversa de estrangeiros, achava ele, mas disse que o pior de tudo era o tipo de voz que, por vezes, falava. Parecia que não era natural... como que viscosa, disse ele... que nem ousou se despir e muito menos dormir. Esperou acordado e saiu dali logo ao amanhecer. A conversa continuou quase a noite toda.

"Esse sujeito, que se chamava Casey, tinha muito a dizer sobre como as pessoas de Innsmouth o observavam, e parece que desconfiavam dele. Achou a refinaria de Marsh um tanto esquisita... estava instalada numa velha fábrica, perto das cachoeiras mais abaixo do rio Manuxet. O que ele disse coincidia com o que eu tinha ouvido. Livros em mau estado, e nenhuma conta transparente de nenhum tipo de transação. Sabe que sempre foi uma espécie de mistério a origem do ouro que os Marsh refinam. Ao que parece, nunca se comprou muito desse metal, mas, anos atrás, eles despacharam, por navio, uma enorme quantidade de barras.

"Costumava-se falar de um tipo raro de joia estrangeira que

os marinheiros e os empregados da refinaria, às vezes, vendiam às escondidas, ou que era vista, em eventuais ocasiões, em algumas mulheres da família Marsh. As pessoas julgavam que, talvez, o velho capitão Obed a trocasse em algum porto pagão, especialmente porque sempre encomendava pilhas de contas de vidro e bijuterias, como as que os marinheiros costumavam levar para negociar com nativos. Outros achavam, e ainda acham, que ele teria encontrado um antigo tesouro de piratas no Recife do Diabo. Mas preste atenção nessa coisa engraçada. O velho capitão morreu há 60 anos, e não saiu do porto um só navio de grandes dimensões desde a Guerra Civil; mas, mesmo assim, os Marsh continuam comprando algumas dessas coisas para negociar com nativos – principalmente vidro e bugigangas de borracha, como andam me dizendo. Talvez os habitantes de Innsmouth também gostem de usá-las... Só Deus sabe se não se tornaram tão malvados como os canibais dos Mares do Sul e dos selvagens da Guiné.

"Aquela praga de 1846 deve ter levado a vida dos melhores da população local. De qualquer forma, eles formam, agora, um grupo de pessoas suspeitas, e os Marsh, e também outros ricos, são tão ruins como todos os demais. Já lhe disse que, provavelmente, não há mais de 400 pessoas em toda a cidade, apesar de todas as ruas que dizem que existem. Acho que eles são o que, no Sul, se chama de "lixo branco" – marginais, malandros e cheios de coisas secretas. Pescam considerável quantidade de peixes e lagostas, que exportam em caminhões. Estranho como os peixes se reproduzem enormemente ali e em nenhum outro lugar.

"Ninguém jamais consegue fiscalizar essas pessoas, e diretores de escolas e recenseadores do estado enfrentam maus bocados com elas. Pode apostar que forasteiros curiosos não são bem-vindos em Innsmouth. Fiquei sabendo que mais de um comerciante ou funcionário público desapareceu por lá, e circula também a conversa sobre um indivíduo que enlouqueceu e está internado em Danvers agora. Devem ter feito alguma coisa que deixou o sujeito louco de medo.

"É por isso que eu, se fosse você, não iria à noite. Nunca estive lá e não tenho vontade de ir, mas acho que uma viagem diurna não poderia lhe fazer mal – embora as pessoas daqui certamente vão aconselhá-lo a não ir. Se está apenas fazendo turismo e procurando coisas dos velhos tempos, Innsmouth deve ser um lugar mais que indicado para você."

E, assim, passei parte daquela noite na Biblioteca Pública de Newburyport, procurando informações sobre Innsmouth. Quando tentei interrogar os nativos – nas lojas, no restaurante, nas garagens e no posto do corpo de bombeiros –, achei ainda mais difícil fazê-los falar do que o agente da estação havia previsto; e percebi que não poderia perder tempo para superar o instintivo silêncio inicial deles. Tinham uma espécie de suspeita obscura, como se houvesse algo de errado em alguém se interessar demais por Innsmouth. Na Associação Cristã de Moços (ACM), na qual eu estava hospedado, o atendente simplesmente me desencorajou a ir para um lugar tão sombrio e decadente; e as pessoas na biblioteca mostraram a mesma atitude. Claramente, aos olhos das pessoas instruídas, Innsmouth era apenas um caso exagerado de decadência cívica.

As histórias do condado de Essex, nas prateleiras da biblioteca, tinham muito pouco a dizer, exceto que a cidade havia sido fundada em 1643, era conhecida pela construção naval antes da Revolução, fora centro de grande prosperidade marítima no início do século XIX e, mais tarde, um pequeno centro fabril, que usava o rio Manuxet como fonte de energia. A epidemia e os distúrbios de 1846 eram tratados de forma muito solta, como se constituíssem uma vergonha para o condado.

As referências ao declínio eram poucas, embora o significado do último registro fosse inconfundível. Depois da Guerra Civil, toda a vida industrial se restringiu à Marsh Refining Company, e a comercialização de barras de ouro constituía a única parte restante de importante comércio, além da eterna pesca. Esta, contudo, passou a render cada vez menos, à medida que o preço da mercadoria caía e as grandes corporações entravam na concorrência, mas nunca houve escassez de peixes em torno do porto de Innsmouth. Raramente, estrangeiros se instalaram ali, e havia alguns indícios, discretamente encobertos, de que vários poloneses e portugueses que haviam tentado foram dispersos de maneira particularmente drástica.

O mais interessante de tudo era uma referência superficial às estranhas joias vagamente associadas a Innsmouth. Era evidente que elas haviam impressionado toda a região, pois exemplares eram mencionados no museu da Universidade Miskatonic, em Arkham, e na sala de exibição da Sociedade Histórica de Newburyport. As descrições fragmentárias dessas coisas eram simples e banais, mas me davam a impressão de uma persistente estranheza. Algo sobre elas parecia tão diferente e provocativo que eu não conseguia tirá-las de minha mente e, apesar da hora relativamente tardia, resolvi ver a amostra local – diziam que era grande, de proporções singulares, obviamente destinada a uma tiara, se fosse o caso de montá-la.

A bibliotecária me deu um bilhete de apresentação para a curadora da Sociedade, a srta. Anna Tilton, que morava nas proximidades; após uma breve explicação, essa dama idosa teve a gentileza de me conduzir até o prédio fechado, visto que ainda não era tão tarde. A coleção era realmente notável, mas eu, em meu estado de espírito daquele preciso momento, não tinha olhos para nada além do objeto bizarro, que brilhava num armário de canto sob as lâmpadas elétricas.

Não era necessária nenhuma excessiva sensibilidade à beleza para me fazer, literalmente, engasgar diante do estranho e sobrenatural esplendor da luxuosa maravilha que repousava ali sobre uma almofada de veludo roxo. Mesmo agora, mal consigo descrever o que vi, embora fosse claramente uma espécie de tiara, como dizia a descrição. Era alta na frente, com um contorno amplo e curiosamente irregular, como se fosse projetada para uma cabeça quase caprichosamente elíptica. O material parecia ser predominantemente ouro, embora um esquisito brilho mais leve sugerisse alguma liga estranha com um metal igualmente belo e dificilmente identificável. Estava em condições quase perfeitas, e alguém poderia passar horas estudando os impressionantes e intrigantes desenhos não tradicionais – alguns simplesmente geométricos e outros, claramente marinhos –, cinzelados ou moldados em alto relevo na superfície, com uma arte de incrível habilidade e graça.

Quanto mais a olhava, mais a coisa me fascinava; e, nesse fascínio, havia um elemento curiosamente perturbador, difícil de classificar ou explicar. A princípio, decidi que era a estranha qualidade sobrenatural da arte que me deixava inquieto. Todos os outros objetos de arte que eu já tinha visto pertenciam a alguma corrente racial ou nacional conhecida, ou então eram desafios conscientemente modernistas de todas as correntes reconhecidas. Essa tiara não refletia nenhuma das duas tendências. Obviamente, pertencia a alguma técnica bem definida, de infinita maturidade e perfeição, embora essa técnica fosse totalmente distante de qualquer outra – oriental ou ocidental, antiga ou moderna – de que eu já tivesse ouvido falar ou tivesse visto exemplificada. Era como se a obra fosse de outro planeta.

Logo percebi, no entanto, que minha inquietação tinha uma segunda e, talvez, igualmente poderosa origem, que era a sugestão pictórica e matemática dos estranhos desenhos. Todos os padrões evocavam remotos segredos e inimagináveis abismos no tempo e no espaço, e a natureza monotonamente aquática dos relevos tornava-se quase sinistra. Entre esses relevos, havia monstros fabulosos, de horrenda bizarrice e malignidade – metade ictíica e metade batráquia, na sugestão –, que não se poderia dissociar de certo sentido perturbador e incômodo de uma pseudolembrança – como se evocassem alguma imagem de células e tecidos profundos, cujas funções de memorização são totalmente primitivas e pavorosamente ancestrais. Às vezes, eu imaginava que cada contorno desses blasfemos peixes-sapos transbordava a extrema quintessência de um mal desconhecido e inumano.

Em estranho contraste com o aspecto da tiara estava sua breve e banal história, relatada pela srta. Tilton. Tinha sido penhorada por uma quantia ridícula, numa loja na rua State, em 1873, por um bêbado de Innsmouth que, logo depois, foi morto numa briga. A Sociedade a havia adquirido diretamente da casa de penhores, dando-lhe, imediatamente, uma exibição digna de sua qualidade. A etiqueta que lhe foi sobreposta dava como sua provável proveniência a Índia Oriental ou a Indochina, embora a atribuição fosse claramente uma suposição.

A srta. Tilton, comparando todas as hipóteses possíveis sobre sua origem e sua presença na Nova Inglaterra, estava inclinada a acreditar que a joia fazia parte de algum exótico tesouro de piratas descoberto pelo velho capitão Obed Marsh. Essa versão era certamente reforçada pelas insistentes ofertas de compra, a um alto preço, que os Marshs começaram a fazer assim que souberam de sua presença na Sociedade Histórica, e que continuam a fazer até hoje, apesar da invariável determinação da Sociedade em não vender.

Enquanto a bondosa dama me conduzia até a saída do prédio, ela deixou claro que a teoria sobre a origem pirata da fortuna dos Marshs era popular entre as pessoas instruídas da região.

Sua própria atitude em relação à sombria Innsmouth – que nunca havia visto – era de aversão por uma comunidade que estava decaindo muito no nível cultural, e ela me garantiu que os rumores de adoração do diabo eram parcialmente justificados por um culto secreto peculiar, que havia ganhado força por lá e que havia acabado com todas as igrejas ortodoxas.

Chamava-se, disse ela, "A Ordem Esotérica de Dagon", e tratava-se, sem dúvida, de um culto degradante e quase pagão importado do Oriente um século antes, numa época em que a pesca de Innsmouth parecia estar se tornando improdutiva. Sua persistência entre as pessoas simples foi bastante natural, em vista do retorno repentino e permanente da pesca em abundância, e logo a Ordem passou a se constituir na maior influência na cidade, substituindo a Maçonaria por completo e instalando sua sede no antigo Masonic Hall, em New Church Green.

Tudo isso constituía, para a piedosa srta. Tilton, um excelente motivo para evitar a velha cidade, que representava decadência e desolação; mas, para mim, foi apenas um novo incentivo. Às minhas expectativas arquitetônicas e históricas, acrescentava-se um agudo zelo antropológico, e eu mal consegui dormir em meu pequeno quarto na ACM, no decorrer da noite.

II

Pouco antes das 10 horas da manhã seguinte, parei com uma pequena mala diante da Drogaria Hammond, na praça do velho mercado, à espera do ônibus para Innsmouth. À medida que se aproximava a hora de sua chegada, notei um deslocamento geral dos vadios para outros lugares, rua acima, ou para o Ideal Lunch, do outro lado da praça. Estava claro que o agente da bilheteria da estação ferroviária não havia exagerado sobre a antipatia que a população local nutria por Innsmouth e seus habitantes. Depois de pouco tempo, um pequeno ônibus, extremamente deteriorado e de uma cor cinza escura, desceu rangendo a rua State, fez uma curva e parou no meio-fio, a meu lado. Percebi, imediatamente, que era o que eu aguardava, suposição que a placa no para-brisa, quase ilegível, "Arkham-Innsmouth-Newburyport", logo confirmou.

Havia apenas três passageiros – homens morenos e despenteados, de rosto sombrio e aspecto um tanto jovem –, e, quando o veículo parou, eles desceram com passos desajeitados e começaram a subir a rua State de maneira silenciosa, quase furtiva. O motorista também desceu, e eu o observei quando entrou na drogaria para fazer algumas compras. Este, refleti, deve ser Joe Sargent, de quem falou o agente da bilheteria da estação; e, antes mesmo que eu percebesse qualquer detalhe, penetrou em mim uma onda de aversão espontânea, que não pude conter nem explicar. Inacreditavelmente, pareceu-me muito natural que a população local não desejasse viajar num ônibus pertencente a esse homem e dirigido por ele, nem visitar com maior frequência o hábitat de um homem desses e de seus parentes.

Quando o motorista saiu da loja, olhei para ele com mais atenção e tentei determinar a origem de minha má impressão. Tratava-se de um homem magro, de ombros curvados, com pouco menos de 1,80 metro de altura, vestido com roupas azuis surradas e usando um boné de golfe desgastado. Devia ter uns 35 anos, mas as estranhas e profundas rugas nas laterais do pescoço o faziam parecer mais velho quando não se examinava seu rosto sem brilho e inexpressivo. Tinha uma cabeça estreita, olhos azuis lacrimosos e saltados, que pareciam nunca piscar, um nariz achatado, testa e queixo afundados e orelhas singularmente pouco desenvolvidas. Seu lábio, longo e grosso, e as bochechas, acinzentadas de poros ásperos, pareciam quase imberbes, exceto por alguns escassos fios amarelos, que se espalhavam e se enrolavam em tufos esparsos; e, em alguns pontos, a superfície parecia estranhamente irregular, como que se descascando por alguma doença de pele. Suas mãos, grandes e repletas de veias salientes, tinham uma coloração azul-acinzentada muito incomum. Os dedos eram surpreendentemente curtos em proporção com o resto da estrutura da mão, e pareciam ter uma tendência a se enrolar na enorme palma. Enquanto eu caminhava em direção ao ônibus, observei seu andar peculiarmente cambaleante, e vi que seus pés eram imensos. Quanto mais eu os examinava, mais me perguntava onde ele conseguia comprar sapatos que lhe servissem.

Certa oleosidade naquele sujeito aumentou minha antipatia. Evidentemente, ele gostava de trabalhar ou de perambular no cais pesqueiro, visto que estava impregnado desse cheiro característico. Não consegui adivinhar que sangue estrangeiro corria nas veias dele. Seu estranho aspecto físico, com certeza, não traía uma origem asiática, polinésia, levantina nem negroide, mas eu podia ver por que as pessoas o consideravam estrangeiro. Eu mesmo teria pensado em degeneração biológica, em vez de uma ascendência estrangeira.

Lamentei ao perceber que não haveria outros passageiros no ônibus. Por alguma razão, não gostei da ideia de viajar sozinho com esse motorista. Mas, à medida que a hora de sair obviamente se aproximava, superei meu receio e segui o homem a bordo, estendendo-lhe uma nota de 1 dólar e murmurando a única palavra "Innsmouth". Ele me olhou com ar curioso, por um segundo, enquanto me devolvia o troco de 40 centavos, sem falar. Sentei-me bem longe dele, mas do mesmo lado do ônibus, uma vez que queria contemplar o litoral durante a viagem.

Por fim, o decadente veículo arrancou, com um solavanco, e passou ruidosamente pelos velhos prédios de tijolo da rua State, no meio de uma nuvem de vapor que saía do escapamento. Olhando para as pessoas nas calçadas, pensei ter identificado nelas um curioso desejo de evitar olhar para o ônibus – ou pelo menos de evitar parecer que estavam olhando para ele. Em seguida, viramos à esquerda para a rua High, onde o ônibus rodou de modo mais suave, passando velozmente por imponentes e velhas mansões dos primórdios da República e por casas coloniais ainda mais antigas, ultrapassando Lower Green e Parker River e atingindo, finalmente, um longo e monótono trecho de área litorânea desabitada.

O dia estava quente e ensolarado, mas a paisagem de areia, capim e arbustos raquíticos tornava-se mais desolada à medida que avançávamos. Pela janela, eu podia ver a água azul e a linha arenosa de Plum Island, e logo chegamos muito perto da praia, quando nossa estrada estreita se desviou da rodovia principal para Rowley e Ipswich. Não havia casas visíveis, e pude perceber, pelo estado da estrada, que o tráfego era bem leve por ali. Os postes telefônicos, desgastados pelas condições climáticas, sustentavam apenas dois fios. De vez em quando, cruzávamos pontes rústicas de madeira sobre riachos sujeitos às marés, que serpenteavam para o interior e contribuíam para o isolamento geral da região.

Vez por outra, notava troncos meio apodrecidos e muros de estruturas em ruínas acima da areia ondulada, e me lembrava da velha tradição, citada numa das histórias que havia lido, de que essa já tinha sido uma região fértil e densamente povoada. Diziam que a mudança ocorrera nos tempos da epidemia de 1846, em Innsmouth, e as pessoas simples acreditavam que tinha uma ligação sombria com forças ocultas do mal. Na verdade, foi causada pelo corte imprudente de matas próximas à costa, que roubou do solo a melhor proteção e abriu caminho para ondas de areia empurradas pelo vento.

Por fim, perdemos Plum Island de vista, e a vasta extensão do Atlântico abriu-se à nossa esquerda. Nosso estreito caminho começou com uma subida íngreme, e tive uma sensação singular de inquietação ao olhar para a solitária parte alta à frente, onde a estrada esburacada encontrava o céu. Era como se o ônibus estivesse prestes a continuar em sua subida, deixando para trás a terra sã para fundir-se com os mistérios desconhecidos da atmosfera superior e do enigmático céu. O cheiro do mar transmitia insinuações sinistras, e as rígidas costas curvadas e a cabeça estreita do silencioso motorista tornavam-se cada vez mais odiosas. Ao olhar para ele, vi que a parte de trás da cabeça estava quase tão sem cabelo quanto seu rosto, com apenas alguns fios amarelos dispersos sobre uma áspera superfície cinzenta.

Chegamos, então, ao topo, e avistamos o vale que se estendia à frente, onde o rio Manuxet deságua no mar, logo ao norte da longa linha de penhascos que termina em Kingsport Head e dali se desvia em direção de Cape Ann. No horizonte distante e enevoado, eu conseguia apenas avistar o vertiginoso perfil de Kingsport Head, com a antiga e esquisita casa, sobre a qual se contam tantas lendas, no alto; mas, no momento, toda a minha atenção foi atraída para o panorama mais próximo, logo abaixo de mim. Percebi que tinha chegado e estava frente a frente com a tão falada e sombria Innsmouth.

Era uma cidade de grande extensão e com muitas construções, mas com uma impressionante falta de vida visível. Do emaranhado de chaminés, mal saía um fio de fumaça, e os três altos campanários surgiam, rígidos e sem pintura, contra o horizonte do lado do mar. Um deles estava desmoronando no topo, e nesse e em outro havia apenas buracos negros no lugar em que deveriam estar os mostradores de relógio. O vasto amontoado de telhados de duas águas e de empenas pontiagudas transmitia, com ofensiva clareza, a ideia de decadência; e, conforme nos aproximávamos ao longo da estrada, que agora descia, pude ver que muitos telhados haviam desabado totalmente. Havia também algumas grandes casas georgianas quadradas, com telhados de quatro águas, cúpulas e terraços com grades. A maioria delas ficava bem longe da água, e uma ou duas pareciam estar em condições moderadamente aceitáveis. Entre elas, estendendo-se para o interior, vi os trilhos enferrujados e cobertos de grama da ferrovia abandonada, com postes telegráficos inclinados, agora sem fios, e as pistas meio apagadas das velhas rodovias para Rowley e Ipswich.

A decadência era pior perto da orla, embora, bem no meio, eu pudesse ver o campanário branco de uma estrutura de tijolos razoavelmente bem preservada, que parecia uma pequena fábrica. O porto, havia muito obstruído pela areia, era cercado por um antigo quebra-mar de pedra, no qual consegui distinguir as formas reduzidas de alguns pescadores sentados, e em cujas extremidades estavam o que pareciam ser as fundações de um antigo farol. Uma língua de areia havia se formado dentro dessa barreira, e, sobre ela, vi algumas cabines deterioradas, barcos a remo atracados e armadilhas para lagostas espalhadas. O único lugar de água profunda parecia ser onde o rio fluía beirando a estrutura do campanário e, então, virava-se para o sul para se juntar ao oceano, na extremidade do quebra-mar.

Aqui e acolá, as ruínas de cais se projetavam da costa e terminavam em podridão indeterminada; as ruínas do extremo sul pareciam as mais decadentes. E, bem longe no mar, apesar da maré alta, notei uma linha longa e negra, que mal se erguia acima da água, mas trazia uma sugestão de estranha malignidade.

Esse local, desconfiei, devia ser o Recife do Diabo. Enquanto eu olhava, uma sutil e curiosa atração parecia se juntar à sinistra repulsa; e, estranhamente, achei esse aspecto mais perturbador do que a primeira impressão.

Não encontramos ninguém na estrada, mas logo começamos a passar por fazendas desertas, em vários estágios de ruína. Então, notei algumas casas habitadas, com trapos enfiados nas janelas quebradas e conchas e peixes mortos espalhados pelos quintais, cheios de lixo. Uma ou duas vezes, vi pessoas de aparência apática trabalhando em hortas áridas ou cavando mariscos na praia mais abaixo, impregnada de cheiro de peixe, e grupos de crianças sujas, de rostos simiescos, brincando nos degraus da porta de entrada, repletos de ervas daninhas. De alguma forma, essas pessoas pareciam mais inquietantes que os prédios sombrios, pois quase todas tinham certas peculiaridades de feições e de gestos de que, instintivamente, não gostei, mesmo sem conseguir defini-los ou compreendê-los. Por um segundo, pensei que aquele físico típico sugeria alguma imagem que eu tivesse visto, talvez num livro, em circunstâncias de particular horror ou melancolia; mas essa pseudolembrança passou muito rapidamente.

Quando o ônibus chegou a um nível mais baixo, comecei a captar o ruído constante de uma cachoeira no meio dessa quietude anormal. As casas, inclinadas e sem pintura, surgiram mais aglomeradas, enfileiradas em ambos os lados da estrada, e exibiam mais tendências urbanas do que aquelas que estávamos deixando para trás. O panorama à frente havia se reduzido a um cenário de rua, e, em alguns pontos, pude ver onde havia existido um calçamento de paralelepípedos e trechos de calçada de tijolos. Todas as casas estavam aparentemente desertas, e havia vãos ocasionais em que chaminés e paredes de porão caindo aos pedaços indicavam que construções haviam desabado. Invadindo tudo, persistia o cheiro de peixe mais enjoativo que se possa imaginar.

Logo começaram a aparecer ruas transversais e cruzamentos; as da esquerda levavam a áreas costeiras sem calçamento e decadentes, enquanto as da direita mostravam vistas da grandiosidade de outros tempos. Até então, eu não tinha visto ninguém na cidade, mas, agora, havia sinais de habitações esparsas – janelas com cortinas aqui e acolá, e um ou outro carro danificado, estacionado no meio-fio. A pavimentação e as calçadas ficavam cada vez mais bem definidas, e, embora a maioria das casas fosse bastante antiga – estruturas de madeira e tijolo do início do século XIX –, elas eram, obviamente, mantidas em condições de moradia. Como amante de antiguidades, quase perdi minha repugnância olfativa e a sensação de ameaça e repulsa, no meio dessa rica e inalterada sobrevivência do passado.

Mas eu não deveria chegar a meu destino sem uma forte impressão de aspecto dolorosamente desagradável. O ônibus tinha chegado a uma espécie de espaço aberto, ou de ponto radial, com igrejas em dois lados e os restos pisoteados de um gramado circular no centro; e eu estava olhando para uma grande construção com pilares, no cruzamento à direita. A estrutura, antes pintada de branco, agora encontrava-se cinzenta e descascada, e a placa preta e dourada no frontão estava tão desbotada que só consegui distinguir as palavras "Ordem Esotérica de Dagon". Esse, então, era o antigo Masonic Hall, agora entregue a um culto degradado. Enquanto eu me esforçava para decifrar essa inscrição, minha atenção foi distraída pelos tons estridentes de um sino rachado que tocava do outro lado da rua, e, rapidamente, virei-me para olhar pela janela do meu lado do ônibus.

O som vinha de uma atarracada igreja de pedra, de data visivelmente posterior à da maioria das casas, construída num estilo gótico desajeitado, com um porão desproporcionalmente alto e janelas com venezianas. Embora faltassem os ponteiros do relógio, na lateral que pude ver, sabia que aquelas batidas roucas anunciavam 11 horas. Então, subitamente, todos os pensamentos sobre o tempo se apagaram com o surgimento de uma imagem avassaladora, de aguda intensidade e inexplicável horror, que se apoderou de mim antes que eu soubesse o que realmente era. A porta do porão da igreja estava aberta, revelando um retângulo de escuridão lá dentro. E, enquanto eu olhava, certo objeto cruzou ou parecia cruzar aquele retângulo escuro, gravando em minha mente uma impressão momentânea de pesadelo, que era ainda mais enlouquecedora porque análise alguma conseguiria mostrar uma única característica de pesadelo nela.

Tratava-se de um objeto vivo... O primeiro, além do motorista, que eu via desde que entrara na parte mais compacta da cidade... E, se eu estivesse menos tenso no momento, não teria visto nada de aterrorizante nele. Como percebi instantes depois, era simplesmente o pastor, trajado com umas vestimentas singulares, introduzidas, sem dúvida, desde que a Ordem de Dagon havia modificado o ritual das igrejas locais. A única coisa que, provavelmente, meu primeiro olhar inconsciente captou, e que deu o toque de horror bizarro que senti, foi a tiara alta que ele usava; era uma réplica quase exata daquela que a srta. Tilton havia me mostrado na noite anterior. Isso, atuando em minha imaginação, havia atribuído qualidades sinistras e inomináveis ao rosto indeterminado e à forma vestida e cambaleante sob esse semblante. Não havia, logo concluí, nenhuma razão para que eu houvesse sentido aquele arrepio de falsa e maligna lembrança. Não era natural que um misterioso culto local adotasse, entre seus ornamentos cerimoniais, um tipo único de adorno para a cabeça, bem familiar à comunidade por alguma razão peculiar – um tesouro descoberto, talvez?

Algumas pouquíssimas pessoas jovens, de aparência repulsiva, agora se tornavam visíveis pelas calçadas – eram indivíduos sozinhos ou pequenos grupos silenciosos de dois ou três. O andar térreo de algumas casas em ruínas abrigava, às vezes, pequenas lojas com placas desbotadas, e notei um ou dois caminhões parados enquanto seguíamos adiante, sacolejando. O rumor de cachoeiras tornava-se cada vez mais perceptível, e logo vi uma garganta fluvial bastante profunda à frente, sobre a qual se estendia uma larga ponte rodoviária com parapeitos de ferro, além da qual se abria uma grande praça. Enquanto passávamos pela ponte, olhei para os dois lados e observei alguns galpões de fábricas na beira da íngreme encosta gramada, ou mais abaixo. A água era abundante lá embaixo, e eu pude ver dois conjuntos vigorosos de quedas-d'água rio acima, à minha direita, e pelo menos uma rio abaixo, à minha esquerda. A partir desse ponto, o barulho ficou ensurdecedor. Em seguida, entramos na grande praça semicircular, do outro lado do rio, e paramos do lado direito, em frente a um prédio alto com uma cúpula, com restos de tinta amarela e uma placa meio apagada que dizia tratar-se do hotel Gilman House.

Senti um alívio ao descer daquele ônibus, e logo me dirigi, com minha mala, para o saguão daquele decadente hotel. Só havia uma pessoa à vista – um homem idoso, sem o que eu passara a chamar de "visual de Innsmouth" –, e decidi não lhe fazer nenhuma das perguntas que me incomodavam, ao me lembrar que coisas estranhas haviam sido notadas nesse hotel. Em vez disso, preferi dar uma caminhada pela praça, da qual o ônibus já havia partido, e examinei o cenário de maneira minuciosa e avaliativa.

Um lado do espaço aberto com calçamento de pedras arredondadas acompanhava a linha reta do rio; o outro era um semicírculo de construções de tijolo com telhado inclinado, que deviam remontar ao período de 1800, de onde partiam várias ruas em direção sudeste, sul e sudoeste. As lâmpadas eram muito poucas e pequenas – todas incandescentes e de baixa potência –, e eu estava contente com meu plano de partir antes de escurecer, embora soubesse que a lua haveria de brilhar intensamente. As construções estavam todas em boas condições e incluíam, talvez, uma dúzia de lojas em atividade, entre as quais uma mercearia da rede First National, um restaurante sombrio, uma farmácia, o escritório de um vendedor de peixes por atacado e, na extremidade leste da praça, perto do rio, o escritório da única indústria da cidade – a Empresa de Refinaria Marsh. Havia, talvez, dez pessoas visíveis e quatro ou cinco automóveis e caminhões parados nas proximidades. Não precisei que me dissessem que aquele era o centro cívico de Innsmouth. A leste, eu via pontos azuis do porto, contra os quais se erguiam as ruínas decadentes de três campanários em estilo georgiano, que já deviam ter sido belos. E em direção à praia, na margem oposta do rio, vi a torre branca elevando-se acima do que imaginei ser a refinaria Marsh.

Por um motivo ou outro, decidi fazer minhas primeiras pesquisas na rede de mercearias, cujo pessoal aparentava não ser nativo de Innsmouth. No comando, encontrei um rapaz solitário, de cerca de 17 anos, e fiquei satisfeito ao notar seu brilho e sua afabilidade, que prometiam informações animadoras. Ele parecia excepcionalmente ansioso para falar, e logo percebi que não gostava do lugar, de seu cheiro de peixe nem de seu povo furtivo. Uma palavra com qualquer forasteiro significava um alívio para ele. Era natural de Arkham, hospedava-se na casa de uma família que viera de Ipswich e voltava sempre que tinha um tempinho de folga. A família dele não gostava que trabalhasse em Innsmouth, mas a rede o havia transferido para lá, e ele não queria desistir do emprego.

Não havia, disse ele, biblioteca pública nem câmara de comércio em Innsmouth, mas eu provavelmente conseguiria me virar. A rua pela qual desci era a Federal. A oeste, estavam as belas e antigas ruas residenciais – Broad, Washington, Lafayette e Adams – e, a leste, na direção do litoral, ficavam os cortiços. Era nesses cortiços, ao longo da Rua Principal, que eu encontraria as antigas igrejas georgianas, mas todas estavam abandonadas havia muito tempo. Seria bom não me fazer notar nessas redondezas – principalmente ao norte do rio, onde as pessoas eram reservadas e hostis. Alguns forasteiros chegaram até a desaparecer.

Certos locais eram território quase proibido, como ele havia aprendido a muito custo. Não se devia, por exemplo, ficar muito tempo em torno da refinaria Marsh, ou perto de qualquer uma das igrejas ainda em atividade, ou próximo ao Hall da Ordem de Dagon, em New Church Green. Essas igrejas eram muito estranhas – todas violentamente rejeitadas pelas respectivas denominações em outros lugares e, aparentemente, adeptas dos tipos mais incomuns de cerimoniais e vestimentas clericais. Seus cultos eram heterodoxos e misteriosos, envolvendo indícios de certas transformações maravilhosas, que levavam a uma espécie de imortalidade corporal nesta terra. O próprio pastor do jovem – o dr. Wallace, da Igreja Metodista Episcopal de Asbury, em Arkham – o havia seriamente aconselhado a não se filiar a nenhuma igreja em Innsmouth.

Quanto aos habitantes de Innsmouth, o jovem mal sabia o que dizer deles. Eram muito furtivos e raramente vistos, como animais que vivem em tocas, e ele dificilmente poderia imaginar como passavam o tempo, além de sua eventual pesca. Talvez – a julgar pela quantidade de bebidas alcoólicas contrabandeadas que consumiam – eles passassem a maior parte do dia em estado de estupor alcoólico. Pareciam melancolicamente unidos em algum tipo de companheirismo e entendimento – desprezando o mundo, como se tivessem acesso a outras esferas preferíveis de vida.

Sua aparência – especialmente aqueles olhos fixos, que não piscavam e nunca se viam fechados – era certamente chocante; e suas vozes, realmente desagradáveis. Era horrível ouvi-los cantar em suas igrejas à noite, especialmente durante as principais festividades e os rituais de renovação, que aconteciam duas vezes por ano, em 30 de abril e 31 de outubro.

Gostavam demais da água e nadavam muito, tanto no rio como no porto. As competições de natação até o Recife do Diabo eram muito comuns, e todos pareciam capazes de participar desse cansativo esporte. Pensando bem, geralmente apenas pessoas bastante jovens eram vistas em público, e, entre essas, as mais velhas eram as de aparência mais deformada. Quando ocorriam exceções, tratava-se, em sua maioria, de gente sem nenhum traço de aberração, como o velho empregado do hotel. Eu me perguntava o que havia acontecido com a maioria das pessoas mais velhas, e se o "visual de Innsmouth" não seria um fenômeno estranho e insidioso de doença que se propagava sempre mais com o passar dos anos.

Apenas uma doença muito rara, é claro, poderia causar mudanças anatômicas tão vastas e radicais, num indivíduo em particular, depois da maturidade – mudanças que envolviam fatores ósseos tão básicos quanto o formato do crânio –, mas, então, mesmo esse aspecto não era mais desconcertante e inédito que as características visíveis da doença como um todo. Seria difícil, afirmava o jovem, tirar qualquer conclusão real a respeito, uma vez que nunca se chegava a conhecer os nativos pessoalmente, não importa quanto tempo se vivesse em Innsmouth.

O jovem tinha certeza de que muitos espécimes ainda piores que os piores visíveis eram mantidos trancados em alguns lugares. Ouviam-se, às vezes, os mais estranhos tipos de som. Havia conversas de que as cabanas instáveis à beira-mar, ao norte do rio, eram ligadas entre si por túneis ocultos, formando um verdadeiro labirinto de invisíveis anormalidades. Que tipo de sangue estrangeiro tinham esses seres – se é que o tinham – era impossível dizer. Às vezes, certos indivíduos especialmente repulsivos eram mantidos escondidos quando agentes do governo e outras pessoas do mundo exterior chegavam à cidade.

De nada adiantaria, disse meu informante, perguntar aos nativos qualquer coisa sobre o lugar. O único que haveria de falar era um homem muito idoso mas de aparência normal, que vivia no asilo de indigentes na orla norte da cidade e passava o tempo andando ou passeando perto do posto do corpo de bombeiros. Esse velho personagem, Zadok Allen, tinha 96 anos e era um tanto ruim da cabeça, além de ser o bêbado da cidade. Tratava-se de uma criatura estranha e furtiva, que olhava constantemente por cima do ombro, como se temesse algo, e, quando sóbrio, ninguém conseguia persuadi-lo a falar com estranhos. Era incapaz, no entanto, de resistir a qualquer oferta de seu veneno favorito; e, uma vez bêbado, passava a cochicar os fragmentos mais surpreendentes de suas lembranças.

No final de tudo, porém, poucas informações úteis poderiam ser obtidas dele, visto que suas histórias eram todas insinuações insanas e incompletas de maravilhas e horrores impossíveis, que não poderiam ter outra origem a não ser sua própria fantasia desordenada. Ninguém jamais acreditou naquele homem, mas os nativos não gostavam que ele ficasse bebendo e falando com estranhos; nem sempre era seguro ser visto fazendo-lhe perguntas. Provavelmente, era dele que provinham alguns dos mais fantasiosos boatos e delírios populares.

Vários residentes não nativos haviam falado de monstruosas aparições de vez em quando, mas, entre os relatos do velho Zadok e os dos habitantes deformados, não era de se admirar que semelhantes ilusões fossem correntes. Nenhum dos não nativos ficava na rua até tarde da noite, pois permanecia a generalizada impressão de que isso não era nada prudente. Além disso, as ruas ficavam detestavelmente escuras.

Quanto aos negócios... A abundância de peixes certamente era quase fantástica, mas os nativos tiravam cada vez menos vantagem dessa fartura. Além do mais, os preços caíam, e a concorrência aumentava. É claro que o verdadeiro negócio da cidade era a refinaria, cujo escritório comercial ficava na praça, a apenas algumas portas a leste de onde estávamos. O velho Marsh nunca era visto, mas às vezes ia para a fábrica num carro com os vidros cobertos por cortinas.

Havia muitos rumores sobre a aparência de Marsh. Em outros tempos, já tinha sido um grandioso dândi, e algumas pessoas diziam que ele ainda usava uma refinada sobrecasaca da época eduardiana, curiosamente adaptada a certas deformidades. Antigamente, seus filhos dirigiam o escritório na praça, mas, ultimamente, mantinham-se afastados a maior parte do tempo, deixando à geração mais nova o encargo dos negócios. Os filhos e as irmãs deles tinham adquirido uma aparência muito esquisita, especialmente os mais velhos; e dizia-se que seu estado de saúde estava gradativamente piorando.

Uma das filhas de Marsh era uma mulher repulsiva, de aparência reptiliana, que usava um excesso de joias bizarras, claramente da mesma tradição exótica daquela à qual pertencia a estranha tiara. Meu informante havia notado isso muitas vezes, e ouvira dizer que vinham de algum tesouro secreto, de piratas ou de demônios. Os clérigos – ou sacerdotes, ou como quer que sejam chamados hoje em dia – também usavam esse tipo de ornamento como cocar; mas raramente eram vistos. Havia outros modelos, que o jovem não tinha visto ainda, embora muitos rumores mencionassem sua existência em Innsmouth.

Os Marshs, junto com as outras três famílias bem-nascidas da cidade – os Waites, os Gilmans e os Eliots –, eram todos muito reservados. Moravam em casas imensas, ao longo da rua Washington, e vários tinham a reputação de abrigar, secretamente, certos parentes vivos cuja aparência os tolhia da visão pública e cuja morte havia sido noticiada e registrada.

Depois de me avisar que muitas ruas não tinham mais placas indicativas, o rapaz desenhou para mim um mapa rudimentar, mas amplo e meticuloso, ressaltando os pontos mais importantes da cidade. Após examiná-lo por breves instantes, tive certeza de que seria de grande ajuda e guardei-o no bolso, expressando meus melhores agradecimentos. Por não gostar da sujeira do único restaurante que pude ver, comprei um bom suprimento de biscoitos de queijo e bolachas de gengibre, para servir de almoço mais tarde. Decidi que meu programa seria percorrer as ruas principais, conversar com todos os não nativos que pudesse encontrar e tomar o ônibus das 20 horas para Arkham. A cidade, pelo que eu podia ver, era um exemplo significativo e exagerado de decadência comunal; mas, como não sou sociólogo, limitaria minhas sérias observações ao campo da arquitetura.

Assim, comecei minha excursão sistemática, embora meio confusa, pelas ruas estreitas e sombrias de Innsmouth. Atravessando a ponte e seguindo em direção do barulho das cachoeiras mais abaixo, passei perto da refinaria Marsh, que parecia estranhamente silenciosa para uma indústria. O prédio ficava no topo da íngreme encosta do rio, perto de uma ponte e de um espaçoso encontro de ruas, que julguei ter sido o primeiro centro cívico, deslocado após a Revolução para a atual Praça da Cidade.

Atravessando novamente a garganta pela ponte da rua Principal, fui dar numa região completamente deserta, que, de alguma forma, me fez estremecer. Amontoados de telhados de duas águas em ruínas formavam uma recortada e fantástica linha do horizonte, acima da qual se erguia o macabro campanário decapitado de uma antiga igreja. Algumas casas ao longo da rua Principal tinham moradores, mas a maioria delas estava bem fechada com tábuas. Nas ruas laterais, em declive e sem calçamento, vi as janelas escuras e escancaradas de casebres desertos, muitos dos quais se inclinavam em ângulos perigosos e incríveis, por causa do afundamento de parte dos alicerces. Aquelas janelas pareciam tão fantasmagóricas que era preciso coragem para virar a leste, em direção da orla marítima. Certamente, o terror de uma casa deserta cresce mais em progressão geométrica que aritmética, à medida que as casas se multiplicam para formar uma cidade em total desolação. A visão dessas intermináveis avenidas vazias e mortas como olhos de peixe e o pensamento dessas infinidades interligadas de compartimentos negros e melancólicos, entregues a teias de aranha, a lembranças e ao verme conquistador, intensificavam medos e aversões de vestígios que nem mesmo a filosofia mais robusta consegue extinguir.

A rua Fish estava tão deserta quanto a Principal, embora se diferenciasse por ter muitos armazéns de tijolo e de pedra ainda em excelente estado. A rua Water era quase uma réplica da última, exceto pelo fato de haver grandes brechas em direção ao mar, onde antes ficava o cais. Não vi nenhum ser vivo exceto os pescadores espalhados pelo quebra-mar distante; não ouvi um só ruído além do rumorejar das ondas no porto e o barulho das cachoeiras do rio Manuxet. A cidade estava cada vez mais afetando meus nervos, e olhei disfarçadamente para trás, enquanto caminhava de volta pela oscilante ponte da rua Water. A ponte da rua Fish, segundo o mapa do rapaz, encontrava-se em ruínas.

Ao norte do rio, havia vestígios de vida esquálida – casas ativas de empacotamento de peixes na rua Water, chaminés fumegantes e telhados remendados aqui e acolá, sons ocasionais de fontes indeterminadas e eventuais formas cambaleantes nas ruas sombrias e nas vielas sem pavimentação – mas isso me pareceu ainda mais opressivo que o total abandono, no lado sul. Por um lado, as pessoas eram mais repulsivas e anormais que as que viviam perto do centro da cidade – de modo que, várias vezes, me veio a maligna lembrança de algo totalmente fantástico, que eu não conseguia identificar. Sem dúvida alguma, a descendência estrangeira nos nativos de Innsmouth era mais forte aqui do que para os lados do interior – a menos que, de fato, o "visual de Innsmouth" fosse mais uma doença que um fenômeno hereditário, situação em que esse distrito poderia ser considerado o abrigo dos casos mais avançados.

Um detalhe que me incomodava era a distribuição dos poucos sons fracos que eu ouvia. Deviam, naturalmente, vir todos das casas visivelmente habitadas, mas, na realidade, eram mais fortes dentro das fachadas mais rigidamente fechadas com tábuas. Dessas, vinham rangidos, correrias e ruídos duvidosos e roucos; pensei, com incômodo, sobre os túneis escondidos sugeridos pelo rapaz da mercearia. De repente, perguntei-me como seriam as vozes daqueles habitantes. Eu não tinha ouvido nenhuma conversa até agora nesse lugar, e estava inexplicavelmente ansioso para não ouvi-la.

Depois de parar apenas o tempo suficiente para contemplar duas belas e antigas igrejas, em ruínas, situadas na rua Principal e na rua Church, saí, apressado, daquele detestável cortiço à beira-mar. Meu objetivo seguinte e lógico era a New Church Green, mas, de uma forma ou de outra, não suportei a ideia de passar novamente diante da igreja em cujo porão eu havia vislumbrado a silhueta inexplicavelmente assustadora daquele sacerdote ou pastor com a estranha coroa na cabeça. Além disso, o jovem da mercearia me havia dito que as igrejas, assim como o Hall da Ordem de Dagon, não eram locais aconselháveis para forasteiros.

Consequentemente, continuei rumo ao norte, ao longo da rua Principal até a rua Martin; depois, virei em direção ao interior, cruzando com segurança a rua Federal, ao norte da Green, e entrei no decadente bairro aristocrático das ruas Broad, Washington, Lafayette e Adams. Embora essas velhas e imponentes avenidas fossem mal pavimentadas e descuidadas, sua dignidade, sombreada por olmos, não havia desaparecido inteiramente. Mansão após mansão chamava minha atenção, a maioria delas decrépitas e fechadas com tábuas, no meio de terrenos abandonados, mas uma ou duas, em cada rua, mostrando sinais de ocupação. Na rua Washington, havia uma fileira de quatro ou cinco em excelente estado de conservação e com gramados e jardins bem cuidados. A mais luxuosa delas – com amplos canteiros de terraços que se estendiam por todo o caminho até a rua Lafayette – pensei que fosse a casa do velho Marsh, o enfermo proprietário da refinaria.

Em todas essas ruas, não se via um único ser vivo, e fiquei surpreso com a completa ausência de cães e gatos em Innsmouth. Outra coisa que me intrigou e me perturbou, mesmo em algumas das mansões mais bem preservadas, foi ver muitas janelas do terceiro andar e do sótão inteiramente fechadas. Dissimulação e sigilo pareciam universais nessa cidade silenciosa de alienação e morte, e eu não podia me furtar à sensação de ser vigiado de emboscada por todos os lados por olhos maliciosos e fixos, que nunca se fechavam.

Estremeci quando ouvi o relógio rachado de um campanário à minha esquerda bater 15 horas. Eu me lembrava muito bem da igreja atarracada da qual vieram aquelas batidas. Seguindo a rua Washington em direção ao rio, encontrei-me diante de uma nova zona de antiga indústria e comércio; notei as ruínas de uma fábrica à frente e vi outras, com os vestígios de uma velha estação de trem e uma ponte ferroviária coberta mais adiante, acima do desfiladeiro, à minha direita.

A ponte instável, agora diante de mim, ostentava uma placa de advertência, mas assumi o risco e atravessei-a novamente para a margem sul, onde vestígios de vida reapareceram. Criaturas furtivas e cambaleantes olhavam, enigmaticamente, em minha direção, e rostos mais normais me observavam com frieza e curiosidade. Innsmouth estava se tornando rapidamente intolerável, e segui pela rua Paine em direção à praça, na esperança de conseguir algum veículo que me levasse a Arkham antes do ainda distante horário de partida daquele ônibus sinistro.

Foi então que vi o posto do corpo de bombeiros em ruínas, à minha esquerda, e notei o velho de rosto vermelho, barbudo e de olhos lacrimejantes, em trapos indefinidos, que estava sentado num banco diante do posto, conversando com dois bombeiros desleixados, mas de aparência normal. Aquele, é claro, devia ser Zadok Allen, o nonagenário meio tresloucado e bêbado cujas histórias da velha Innsmouth e de sua sombra eram tão horrorosas e inacreditáveis.

III

Só pode ter sido um capeta perverso – ou alguma influência sarcástica de fontes obscuras e ocultas – que me levaram a mudar meus planos, como o fiz. Eu já havia decidido, muito antes, limitar minhas observações exclusivamente à arquitetura, e estava até mesmo correndo em direção à praça, na tentativa de conseguir transporte rápido para me levar para fora dessa cidade atormentada de morte e decadência; mas a visão do velho Zadok Allen criou novas correntes em minha mente e fez com que eu diminuísse o passo, de maneira incerta.

Eu tinha sido informado de que o velho nada faria senão insinuar lendas grotescas, desconexas e incríveis, e tinha sido avisado de que era perigoso ser visto conversando com ele pelos nativos; mesmo assim, a ideia dessa testemunha idosa da decadência da cidade, com lembranças que remontavam aos primeiros tempos dos navios e das fábricas, era uma isca a que razão alguma me faria resistir. Afinal, os mais estranhos e mais loucos dos mitos, muitas vezes, são meros símbolos ou alegorias baseados na verdade – e o velho Zadok devia ter visto tudo o que havia se passado em Innsmouth nos últimos 90 anos. A curiosidade irrompeu para além do bom senso e da cautela, e, em meu egoísmo juvenil, imaginei ser capaz de separar um núcleo de história verdadeira do entusiasmo confuso e extravagante que eu, provavelmente, conseguiria extrair com a ajuda de uísque puro.

Eu sabia que não poderia abordá-lo naquele momento, pois os bombeiros, certamente, haveriam de notar e me impediriam. Em vez disso, refleti, eu me prepararia comprando um pouco de bebida contrabandeada, num lugar onde o rapaz da mercearia me disse que havia em quantidade. Em seguida, ficaria vagando perto do posto do corpo de bombeiros, como que ao acaso, e haveria de encontrar o velho Zadok depois que ele saísse para uma de suas frequentes caminhadas. O rapaz havia me dito que o velho era muito inquieto, raramente ficando sentado perto do posto por mais de uma ou duas horas por vez.

Foi fácil conseguir uma garrafa de 1 quarto de litro de uísque, embora não custasse pouco, nos fundos de uma imunda loja de variedades, perto da praça, na rua Eliot. O sujeito de aparência suja que me atendeu tinha um toque no olhar que traía o "visual de Innsmouth", mas mostrou-se muito polido em seus modos, habituado que estava, talvez, a lidar ocasionalmente com forasteiros – caminhoneiros, compradores de ouro e outros semelhantes – de passagem pela cidade.

Ao voltar à praça, vi que a sorte estava do meu lado, pois, saindo da rua Paine e dobrando a esquina do hotel Gilman House, vislumbrei nada menos que a figura alta, esguia e esfarrapada do velho Zadok Allen, em pessoa. De acordo com meu plano, chamei a atenção dele brandindo a garrafa recém-comprada, e logo percebi que ele começou a se arrastar, melancolicamente, atrás de mim quando eu dobrava a esquina para a rua Waite, a caminho da região que imaginava ser mais deserta.

Eu me guiava pelo mapa que o rapaz do armazém havia preparado e tinha como objetivo chegar ao trecho totalmente abandonado da orla ao sul, que eu havia visitado anteriormente. As únicas pessoas que avistei foram os pescadores no distante quebra-mar; e, depois de percorrer algumas quadras para o sul, poderia ficar fora do alcance deles, encontrar um local em que me sentar, num cais abandonado, e ficar à vontade para conversar com o velho Zadok, sem ser observado por um bom tempo. Antes de chegar à rua Principal, pude ouvir um fraco e ofegante "Ei, senhor!" atrás de mim e, no mesmo instante, permiti que o velho me alcançasse e sorvesse grandes goles da garrafa.

Comecei a falar, tentando arrancar alguma coisa, enquanto caminhávamos no meio da onipresente desolação e das ruínas loucamente inclinadas, mas descobri que o velho não haveria de soltar a língua tão rapidamente quanto eu esperava. Por fim, vi uma abertura coberta de grama em direção ao mar, entre paredes de tijolos em ruínas, com a extensão de um cais de terra e alvenaria que se projetava mais além. Pilhas de pedras cobertas de musgo, perto da água, prometiam assentos toleráveis, e o cenário era protegido de todos os olhares possíveis por um armazém em ruínas, ao norte. Pensei que ali seria o lugar ideal para uma longa conversa secreta; então, guiei meu companheiro pelo caminho e escolhi lugares para nos sentarmos entre as pedras cobertas de musgo. A atmosfera de morte e desolação era macabra e o cheiro de peixe, quase insuportável; mas eu estava decidido a não deixar que nada me detivesse.

Restavam-me cerca de quatro horas para a conversa, se eu quisesse tomar o ônibus das 8 para Arkham, e comecei a oferecer mais álcool ao velho beberrão; enquanto isso, comia meu simples almoço. Tive o cuidado de não exagerar minhas ofertas de bebida, pois não queria que a tagarelice etílica de Zadok decaísse para um estupor. Depois de uma hora, sua aparente melancolia dava sinais de desaparecer, mas, para minha decepção, ele ainda se desviava de minhas perguntas sobre Innsmouth e seu passado envolto em sombras. Continuava falando sem parar de tópicos atuais, revelando um amplo conhecimento de notícias veiculadas por jornais e uma clara tendência para filosofar de maneira discreta, própria de vilas interioranas.

Perto do fim da segunda hora, temi que minha garrafa de uísque não fosse suficiente para produzir resultados, e me perguntava se não seria melhor deixar o velho Zadok ali e voltar para buscar mais. Nesse exato momento, porém, o acaso ofereceu a abertura que minhas perguntas não haviam conseguido, e as divagações do ancião ofegante deram uma guinada que fez com que eu me inclinasse para frente, para ouvi-lo com atenção. Eu me encontrava de costas para o mar, que exalava aquele cheiro de peixe, mas ele estava de frente para a orla, e alguma coisa fez com que seu olhar errante pousasse na linha baixa e distante do Recife do Diabo, que então se mostrava claro e quase fascinante acima das ondas. A visão pareceu desagradá-lo, pois ele começou a desfiar, em voz baixa, uma série de pragas, que terminaram num sussurro confidencial e num olhar malicioso. Curvou-se em minha direção, segurou a lapela de meu casaco e cochichou algumas pistas, que não podiam ser equivocadas:

"Foi ali em que tudo começou... naquele lugar amaldiçoado de toda a maldade, onde começam as águas profundas. Portão do inferno... nenhuma sonda lançada ali, por maior que seja, chega a tocar o fundo. O velho capitão Obed conseguiu... descobriu mais do que precisava para ele nas ilhas dos Mares do Sul.

"Todos passavam por maus momentos naqueles tempos. O comércio em decadência, as fábricas perdiam negócios... mesmo as novas... e nossos melhores homens foram mortos por piratas na guerra de 1812 ou desapareceram com o brigue Elizy e com a barcaça Ranger... ambos de Gilman. Obed Marsh tinha três navios em atividade... o bergantim *Columby*, o brigue *Hefty* e a barcaça *Sumatry Queen*. Foi o único que continuou com o comércio com as Índias Orientais, no Pacífico, embora o bergantim *Malay Bride*, de Esdras Martin, tenha feito uma viagem por volta de 1928.

"Nunca existiu ninguém como o capitão Obed... velho parceiro de Satanás! He, he! Ainda me lembro dele falando de terras longínquas e chamando todas as pessoas de estúpidas, porque frequentavam a igreja cristã e suportavam seus problemas com mansidão e humildade. Dizia que deviam arranjar deuses melhores, como alguns dos povos das Índias... deuses que lhes trouxessem boas pescarias em troca de seus sacrifícios e que atendessem às orações do povo.

"Matt Eliot, seu imediato, falava muito também, só que não aprovava que o povo se entregasse a coisas pagãs. Contava sobre uma ilha, a leste do Taiti, onde havia muitas ruínas de pedra, tão antigas que ninguém sabia nada a respeito delas, um tanto parecidas com as de Ponape, nas ilhas Carolinas, mas com rostos esculpidos que se pareciam com as grandes estátuas da Ilha de Páscoa. Havia também uma pequena ilha vulcânica lá perto, que tinha outras ruínas com esculturas diferentes... ruínas totalmente desgastadas, como se tivessem ficado submersas por muito tempo, e cobertas de imagens de monstros horrorosos.

"Bem, senhor, Matt dizia que os nativos de lá apanhavam todos os peixes que conseguiam fisgar, e usavam braceletes, pulseiras e adereços na cabeça feitos de um tipo estranho de ouro e cobertos de imagens de monstros, como as esculpidas sobre as ruínas da pequena ilha... como sapos parecidos com peixes, ou peixes semelhantes a sapos, que eram desenhados em todos os tipos de posição, como se fossem seres humanos. Ninguém jamais conseguiu fazê-los revelar o local onde haviam encontrado tudo isso, e todos os outros nativos se perguntavam como eles conseguiam pescar tamanha quantidade de peixes, quando, na ilha mais próxima, não se apanhava quase nada. Matt também ficou intrigado, bem como o capitão Obed. Esse último percebeu, além disso, que muitos jovens esbeltos desapareciam para sempre a cada ano, e que quase não havia mais velhos no lugar. Achava também que algumas pessoas tinham uma aparência exageradamente esquisita, até mesmo para canaques[2].

"Coube a Obed descobrir a verdade sobre aqueles pagãos. Não sei como ele fez isso, mas começou negociando as coisas parecidas com ouro que eles usavam. Perguntou de onde vinham e se poderiam conseguir mais; finalmente, descobriu a história do velho chefe... que chamavam de Walakea. Ninguém, a não ser Obed, jamais acreditaria no velho diabo gritalhão, mas o capitão conseguia ler essas pessoas como se fossem livros. He he!

---

2 Grupo étnico da Oceania, originário da Nova Caledônia; pressionada por colonizadores europeus, especialmente durante o século XIX, a maioria de seus membros abandonou suas terras, refugiando-se na Austrália e em outras ilhas do oceano Índico (N.T.).

Ninguém acredita em mim, agora que conto isso, e não acho que você vá acreditar, meu jovem… Embora, ao olhar para você, vejo que tem olhos penetrantes, que sabem ler, como os de Obed."

O sussurro do velho foi ficando mais fraco, e eu me vi estremecer com o terrível e sincero presságio de sua entonação, embora soubesse que sua história não passava de uma fantasia de bêbado.

"Bem, senhor, Obed sabia que há coisas nessa arte de que a maioria das pessoas nunca ouviu falar… e não iriam acreditar se ouvissem. Parece que esses canaques estavam sacrificando muitos de seus rapazes e suas donzelas para algum tipo de criaturas divinas, que viviam no fundo do mar, e recebendo todos os tipos de favor em troca. Encontravam essas criaturas na pequena ilha com as ruínas estranhas, e parece que aqueles terríveis pintores de monstros peixes-sapos seriam pintores dessas criaturas. Talvez fosse a espécie de criatura que deu origem a todas as histórias de sereias e coisas semelhantes.

"Havia todos os tipos de cidade no fundo do mar, e essa ilha se ergueu lá do fundo. Parece que havia algumas coisas vivas nas construções de pedra quando a ilha subiu, de repente, à superfície. Foi assim que os canaques ficaram sabendo da existência delas ali. Logo que perderam o medo, começaram a se comunicar com essas criaturas por sinais e, em seguida, passaram a negociar.

"Essas criaturas gostavam de sacrifícios humanos. Já os faziam em eras anteriores, mas haviam perdido contato com o mundo superior depois de um tempo. O que faziam com as vítimas ninguém sabe, e acho que Obed não teve coragem de perguntar. Mas, para os pagãos, estava tudo certo, porque passavam por um período difícil e estavam desesperados em relação a tudo. Entregavam certo número de jovens para essas criaturas do mar, duas vezes por ano – na véspera de 1º de maio e do Halloween –, sempre que podiam. Também lhes ofertavam algumas bugigangas esculpidas por eles. Em troca, essas criaturas concordaram em lhes dar abundância de peixes, que faziam aparecer de toda parte do mar, e, de vez em quando, algumas coisas parecidas com ouro.

"Bem, como eu disse, os nativos encontraram essas criaturas na pequena ilhota vulcânica, para onde iam em canoas com os sacrifícios e outras coisas, e de onde traziam essas joias que recebiam e que pareciam de ouro. De início, essas criaturas nunca iam para a ilha principal, mas, depois de um tempo, quiseram ir. Parece que ansiavam por se misturar com os habitantes e celebrar com eles as cerimônias nos grandes dias... véspera de 1º de maio e do Halloween. Veja só, eram capazes de viver tanto dentro como fora da água... o que se chamam anfíbios, eu acho. Os canaques disseram-lhes que os nativos das outras ilhas poderiam querer exterminá-los se soubessem que estavam ali, mas essas criaturas disseram que pouco se preocupavam, porque elas podiam exterminar toda a raça dos humanos, se estes quisessem incomodar... isto é, todos aqueles que não tivessem certos sinais como os usados pelos antigos desaparecidos, quem quer que fossem. Mas, como não queriam atrapalhar ninguém, passaram a se esconder quando alguém visitava a ilha.

"Quando chegou a hora de se acasalarem com esses peixes que parecem sapos, os canaques se mostraram hesitantes, mas, finalmente, descobriram algo que os levou a ver a questão sob outra perspectiva. Parece que os seres humanos têm uma espécie de estreita relação com as criaturas aquáticas... Todo ser vivo saiu da água, em algum momento, e só precisa de uma pequena mudança para voltar a ela novamente. Diziam ainda aos canaques que, se misturassem os sangues, nasceriam crianças com aparência humana no início, mas que, depois, se tornariam mais parecidas com essas próprias criaturas, até que, por fim, iriam para a água e se juntariam a todas as coisas existentes lá embaixo. E essa é a parte importante, rapaz... E aqueles que se transformassem em peixes e entrassem na água jamais morreriam. Essas criaturas não morriam nunca, a menos que fossem mortas de modo violento.

"Bem, senhor, parece que, na época em que Obed conheceu os habitantes dessa ilha, eles estavam cheios de sangue de peixe de suas criaturas de águas profundas. Quando envelheciam e começavam a mostrar sinais característicos, eram mantidos escondidos até que sentissem vontade de entrar para sempre na água e abandonar o lugar. Alguns eram mais instruídos que outros, e alguns nunca mudavam o suficiente para entrar para sempre na água; mas, na maioria das vezes, ficavam como as criaturas diziam. Aqueles que nasciam mais semelhantes a essas criaturas mudavam-se logo, mas aqueles que eram quase humanos, às vezes, ficavam na ilha até ultrapassar os 70 anos, embora, normalmente, fizessem antes uma viagem experimental ao fundo do mar. Aqueles que iam para a água, geralmente, voltavam muitas vezes de visita, de modo que um homem podia conversar com frequência com o avô do tataravô do tataravô, que havia deixado a superfície da terra havia 200 anos ou mais.

"Todos se livravam da ideia de morrer... exceto em guerras de canoa com os habitantes de outras ilhas, ou nos sacrifícios aos deuses do fundo do mar, ou por mordida de cobra, ou peste, ou por doenças graves galopantes ou de qualquer outra coisa antes que pudessem partir para a água... Mas, simplesmente, aguardavam por uma espécie de mudança, que não era nada horrível, depois de algum tempo. Achavam que o que recebiam valia mais do que tudo ao que tinham renunciado... E acho que o próprio Obed passou a pensar da mesma forma, quando refletiu um pouco sobre a história do velho Walakea. Mas Walakea era um dos poucos que não tinham sangue de peixe... uma vez que era de uma linhagem real que se casou com alguém igualmente de linhagem real de outras ilhas.

"Walakea ensinou a Obed muitos ritos e encantamentos relacionados com as criaturas marinhas, e deixou-o ver algumas das pessoas da aldeia que haviam mudado muito da forma humana. Por uma razão ou outra, porém, nunca o deixou ver uma das criaturas que saíam da água. No fim, deu-lhe um tipo esquisito de objeto mágico, feito de chumbo ou de algo parecido, que, no dizer dele, haveria de trazer as criaturas-peixe de qualquer lugar na água em que pudesse haver um monte delas. A ideia era fazê-lo cair dentro da água, com o tipo certo de orações e coisas similares. Walakea garantiu que essas criaturas estavam espalhadas pelo mundo inteiro, e, então, qualquer pessoa que procurasse haveria de encontrar muitas delas e trazê-las à tona, se o quisesse.

"Matt não gostou nada desse negócio e queria que Obed ficasse longe da ilha; mas o capitão era extremamente ganancioso e achou que poderia obter aquelas coisas parecidas com ouro por um preço tão barato que compensava fazer disso um belo negócio. As coisas continuaram assim durante anos, e Obed conseguiu bastante desse material semelhante a ouro para levá-lo a abrir a refinaria na velha e degradada fábrica de Waite. Ele não se atrevia a vender as peças originais, porque as pessoas haveriam de passar o tempo todo fazendo perguntas. Mesmo assim, membros de sua tripulação se apoderavam, de vez em quando, de uma peça para vender, embora jurassem guardar segredo; e Obed deixava que as mulheres de sua gente, que tivessem mais aparência humana que a maioria, usassem algumas dessas joias.

"Bem, em torno de 1838, quando eu tinha 7 anos, Obed descobriu, ao voltar de uma viagem, que toda a população da ilha havia desaparecido. Parece que os habitantes de outras ilhas souberam do que estava acontecendo e resolveram o problema tomando conta da ilha. Suponho que eles tivessem, afinal, aqueles velhos símbolos mágicos, que as criaturas marinhas diziam que eram as únicas coisas que temiam. Sem contar que os canaques devem ter tido chance de recolher esses símbolos numa ilha mais antiga que o dilúvio, que o fundo do mar erguia. Homens malvados, esses... Não deixaram nada de pé na ilha principal nem na ilhota vulcânica, a não ser as partes das ruínas resistentes demais para ser demolidas. Em alguns lugares, havia pequenas pedras espalhadas – como amuletos – com algo gravado em cima, semelhante ao que chamamos hoje de suástica. Provavelmente, eram símbolos dos Antigos. Apagaram todos os vestígios de coisas parecidas com ouro, e nenhum dos canaques das proximidades disse uma palavra a respeito. Nem mesmo admitia que algum dia alguém tivesse vivido naquela ilha.

"Isso, naturalmente, atingiu Obed em cheio, visto que seu comércio normal quase não dava mais lucro. Atingiu, igualmente, toda a cidade de Innsmouth, porque, nos bons tempos de navegação, o que dava bons lucros para o comandante de um navio, de modo geral, beneficiava proporcionalmente a tripulação. A maioria das pessoas da cidade, como se fosse um rebanho de ovelhas, aceitou os tempos difíceis com resignação, mas elas também enfrentavam dificuldades, porque a pesca estava minguando e os engenhos não iam muito bem.

"Foi nessa época que Obed começou a maldizer os nativos, por se mostrarem como ovelhas estúpidas, orando a um deus cristão que não os ajudava em nada. Disse-lhes que conhecia pessoas que oravam a deuses que concediam tudo de que elas necessitavam; disse-lhes também que, se um bom número de homens o apoiasse, ele poderia, talvez, recorrer a certos poderes que lhes proporcionariam pesca abundante e uma boa provisão de ouro. Não resta dúvida de que aqueles que haviam servido no *Sumatra Queen* e aportaram na ilha sabiam do que ele estava falando, e não estavam nem um pouco dispostos a se aproximar das criaturas marinhas sobre as quais tinham ouvido falar; mas os que não sabiam do que se tratava passaram a fazer sinais de que concordavam com o que Obed tinha a dizer, e logo começaram a lhe perguntar de que maneira ele os conduziria no caminho dessa fé, que haveria de lhes trazer bons resultados."

Nesse ponto, o velho vacilou, resmungou e caiu num silêncio triste e apreensivo, olhando nervosamente por cima do ombro e, em seguida, voltando-se para admirar, fascinado, o distante recife negro. Ao lhe falar, ele não respondia; então, eu sabia que teria de deixá-lo terminar a garrafa. A insana história que eu estava ouvindo interessou-me profundamente, pois imaginei que nela estivesse contida uma espécie de alegoria grosseira, baseada na estranheza de Innsmouth e elaborada por uma imaginação ao mesmo tempo criativa e cheia de resquícios de lendas exóticas. Nem por um momento acreditei que a história tivesse algum fundamento realmente substancial; mas, apesar disso, o relato trazia uma pitada de genuíno terror, pelo menos porque trazia referências a joias estranhas, claramente semelhantes à tiara maligna que eu tinha visto em Newburyport. Afinal, talvez os ornamentos tivessem vindo de alguma ilha estranha; e era possível que as histórias malucas fossem mentiras do próprio Obed, e não desse velho beberrão.

Entreguei a garrafa a Zadok, que a esvaziou até a última gota. Era curioso como ele aguentava tanto uísque, pois nem mesmo a menor alteração aparecia em sua voz aguda e ofegante. Lambeu o gargalo da garrafa e a pôs no bolso, começando a acenar com a cabeça e a sussurrar baixinho para si mesmo. Inclinei-me para mais perto dele, na tentativa de captar alguma palavra, e pensei ter visto um sorriso sarcástico por baixo do grosso e manchado bigode. Sim... ele, de fato, estava formando palavras, e consegui compreender uma boa porção delas.

"Pobre Matt... Matt sempre esteve contra isso... Tentou fazer o pessoal ficar do seu lado e teve longas conversas com os pregadores... Tudo inútil... Eles expulsaram o pastor da Congregação da cidade, e o pastor metodista se demitiu. Nunca mais vi Resolved Babcock, o pastor batista... Ira de Jeová... Eu era, então, uma criatura bem pequena, mas ouvi o que ouvi e vi o que vi... Dagon[3] e Astaroth[4]... Belial[5] e Belzebu[6]... Bezerro de Ouro[7] e ídolos de Canaã e dos filisteus... Abominações babilônicas... *Mene, mene, tekel, upharsin*[8]..."

Ele fez nova pausa, e, pela expressão de seus olhos azuis

---

3 Dagon é uma divindade dos antigos fenícios, cujo culto se difundiu também entre os vizinhos cananeus. Os filisteus, que, nos tempos bíblicos, viviam na Palestina, consideravam Dagon como seu deus supremo. Dois fatos importantes são narrados na *Bíblia* sobre essa divindade. O primeiro se refere a Sansão, que morreu abalando e deslocando as colunas de sustentação do templo de Dagon, fazendo-o ruir e matando 3 mil filisteus ali reunidos para festejos (livro bíblico dos Juízes XVI, 23-30). O segundo fato é narrado no livro bíblico I Samuel V, 1-8 e conta que os filisteus se apoderaram da Arca da Aliança, do povo de Israel, e a levaram para o templo do deus Dagon; no dia seguinte, encontraram Dagon prostrado por terra, diante da Arca, e, no outro dia, depararam com o mesmo deus de mãos e cabeça cortadas e jogadas na soleira da porta (N.T.).

4 Astaroth ou Astharte é uma adaptação dos textos bíblicos do nome da deusa fenícia Astarte; ela é citada com frequência na Bíblia, como símbolo da prevaricação e da idolatria do povo de Israel, como se pode verificar no livro dos Juízes II, 13 e X, 6; em I Samuel VII,14 e XII, 11; e em I Crônicas XI, 5 e 33 (N.T.).

5 Na mitologia dos cananeus, era o nome de um demônio; citado com frequência em textos bíblicos, ora é equiparado ao próprio demônio, ora o termo é tomado com o sentido de inútil, sem valor, ímpio, como se pode verificar nas passagens: Deuteronômio XIII, 13; I Samuel I, 16 e X, 27; II Samuel, XVI, 7; II Crônicas XIII, 7; Nahum I, 15; e II Coríntios VI, 15 (N.T.).

6 Belzebu é o nome do demônio entre antigos povos da Palestina e áreas próximas; seu significado etimológico seria "senhor, deus das moscas"; nos textos bíblicos, ele é tratado, geralmente, como sendo o príncipe dos demônios, como se pode constatar nas seguintes passagens: II Reis I, 2-3; Mateus X, 25 e XII, 24-27; Marcos III, 22; e Lucas XI, 15.18-19 (N.T.)

7 Referência ao Bezerro de Ouro que os israelitas passaram a cultuar e adorar no deserto, ao ver que Moisés não descia mais do alto das montanhas, onde tinha ido orar; o fato é narrado no livro bíblico do Êxodo XXXII, 1-6 (N.T.).

8 Alusão à frase que um dedo invisível escreve na parede do palácio do rei da Babilônia: Mene mene tekel upharsin. Daniel apresenta-se ao rei e lhe dá a interpretação: "Teu reino foi contado... pesado... dividido e dado aos persas" (livro bíblico de Daniel V, 25-28) (N.T.).

lacrimejantes, temi que, afinal, estivesse à beira do estupor. Mas, quando toquei suavemente seu ombro, ele se virou para mim, surpreendentemente alerta, e soltou algumas frases mais obscuras.

"Não acredita em mim, hein? He, he, he!... Então, me diga, rapaz, por que o capitão Obed, junto com outros 20, costumava remar até o Recife do Diabo, na calada da noite, e entoar coisas tão altas que podíamos ouvi-las em toda a cidade quando o vento soprava do mar? Diga-me isso, hein? E me diga por que Obed sempre jogava coisas pesadas nas águas profundas do outro lado do recife, onde este cai como um penhasco, tão fundo que nenhuma sonda pode alcançar? Diga-me o que ele fez com aquele objeto de chumbo de formato esquisito que Walakea lhe dera? Hein, rapaz? E o que todos eles uivavam na véspera de 1º de maio e, de novo, no Halloween seguinte? E por que os pastores da nova igreja – camaradas acostumados com a vida de marinheiro – vestiam aqueles mantos esquisitos e se cobriam com aquelas coisas parecidas com ouro que Obed trazia? Hein?"

Os olhos azuis lacrimejantes pareciam, agora, quase selvagens e maníacos, e a barba branca e suja se arrepiava, como que eletrizada. Provavelmente, o velho Zadok me viu recuar, pois começou a gargalhar maldosamente.

"He, he, he, he! Começando a ver, hein? Talvez quisesses estar em meu lugar naqueles tempos, quando eu via, à noite, do alto de minha casa, coisas que aconteciam no mar. Oh! Posso lhe garantir que os baixinhos têm ouvidos grandes, e eu não perdia nada do que se bisbilhotava sobre o capitão Obed e sobre os que iam ao recife! He, he, he! E o que me diz da noite em que levei o binóculo do navio de meu pai para o alto de minha casa, e vi o recife lotado de formas, que mergulharam tão logo a lua subiu? Obed e os seus estavam num barco a remo, mas essas formas mergulharam do outro lado, nas águas profundas, e não voltaram mais à tona...

Gostaria de ser um menino, sozinho no alto de uma casa, olhando formas que não eram humanas? Hein? He, he, he..."

O velho estava ficando histérico, e eu comecei a estremecer, com estranho pavor. Ele pousou sua nodosa mão em meu ombro, e pareceu-me que sua agitação não era totalmente de alegria.

"Suponha que, uma noite, você visse algo pesado sendo jogado do barco de Obed além do recife e, no dia seguinte, soubesse que um jovem camarada estava faltando em casa. Hein! Alguém tornou a ver Hiram Gilman? Eles o viram de novo? E Nick Pierce, e Luelly Waite, e Adoniram Saouthwick, e Henry Garrison. Hein? He, he, he, he... Formas falando a linguagem dos sinais com as mãos... que tinham mãos de verdade.

"Bem, senhor, foi nessa época que Obed começou a se recompor. Todos viam as três filhas dele usando adornos de coisas parecidas com ouro, como ninguém tinha usado antes, e viam fumaça que voltava a sair pela chaminé da refinaria. Outros também estavam prosperando... Os peixes começaram a encher o porto, e só Deus sabe que enormes carregamentos começamos a enviar para Newburyport, Arkham e Boston. Foi então que Obed mandou que se terminasse o velho ramal ferroviário. Alguns pescadores de Kingsport ouviram falar da quantidade de peixes, e vieram com barcos, mas todos se perderam. Ninguém mais os viu novamente. E foi precisamente nessa mesma época que nossa gente organizou a Ordem Esotérica de Dagon e comprou, como sede, o salão da maçonaria Comenda do Calvário... He, he, he! Matt Eliot era maçom e contrário à venda, mas, desde então, desapareceu.

"Lembre-se, não estou dizendo que Obed estava decidido a deixar as coisas por aqui como naquelas da ilha dos canaques. Não acho que ele pretendesse, no início, fazer alguma mistura, nem criar jovens para que fossem sacrificados nas profundezas da água e se transformassem em peixes com vida eterna. Ele queria aquelas coisas de ouro, e estava disposto a pagar caro por elas, e acho que os outros ficaram satisfeitos por um tempo...

"Em 1846, no entanto, a cidade fez algumas investigações e passou a tirar certas conclusões. Muitas pessoas haviam desaparecido... muitas pregações contundentes nos encontros dominicais... muita conversa sobre aquele recife. Acho que fiz minha pequena parte, ao contar ao conselheiro Mowry o que eu tinha visto do alto de minha casa. Certa noite, um grupo decidiu seguir a turma de Obed até o recife, e logo ouvi tiros entre os dois barcos. No dia seguinte, Obed e 32 outros estavam na cadeia, com todo mundo se perguntando o que estava acontecendo e que acusação pesaria contra eles. Deus, se alguém pudesse ter previsto... Duas semanas depois, quando nada havia sido atirado ao mar..."

Zadok mostrava sinais de medo e de exaustão, e deixei-o ficar em silêncio por um tempo, embora olhasse, apreensivamente, para meu relógio. A maré havia mudado e estava subindo, e o som das ondas parecia despertá-lo. Fiquei contente com aquela virada, pois, na maré alta, o cheiro de peixe poderia não ser tão forte. Uma vez mais, esforcei-me para ouvir seus sussurros.

"Naquela noite horrível... eu os vi. Eu estava no alto de minha casa... hordas deles... enxames deles... por todo o recife e nadando porto acima, até o rio Manuxet... Meu Deus, o que aconteceu nas ruas de Innsmouth naquela noite... Eles sacudiram nossa porta, mas meu pai não abriu... Então, ele saltou da janela da cozinha com seu mosquete, para encontrar o conselheiro Mowry e ver o que se poderia fazer... Muitos mortos e moribundos... tiros e gritos... gritaria na Praça Antiga, na Praça da Cidade e na New Church Green... arrombaram a porta da cadeia... manifesto... traição... Chamaram isso de peste quando as autoridades chegaram e viram que metade de nossa população havia desaparecido... Não sobrou ninguém a não ser os aliados de Obed e as coisas deles, ou aqueles que se recusaram a falar... Nunca mais ouvi falar de meu pai..."

O velho estava ofegante e suava excessivamente. Sua mão apertava com mais força meu ombro.

"Tudo estava limpo na manhã seguinte... mas havia vestígios... Obed tomou o comando e disse que as coisas iriam mudar... Outros viriam adorar conosco, em nossos encontros, e certas casas deveriam receber alguns hóspedes... Eles queriam se misturar, como tinham feito com os canaques, e ele não se sentia disposto a impedi-los. Obed fora longe demais... praticamente como um insensato, sem nenhum freio. Dizia que essas criaturas iriam trazer peixes e tesouros, e que, depois, teríamos de lhes dar o que desejassem...

"Nada deveria ficar diferente do lado de fora; só precisaríamos manter tudo às escondidas dos forasteiros, se quiséssemos o que era bom para nós. Todos tivemos de prestar o Juramento de Dagon, e, mais tarde, houve um segundo e um terceiro juramento, que alguns de nós fizemos. Aqueles que ajudassem em coisas especiais recebiam recompensas especiais... ouro e coisas assim... Não adiantava se revoltar, pois havia milhões deles no fundo do mar. Eles preferiam não se levantar e destruir a espécie humana, mas, se fossem traídos ou forçados a isso, certamente fariam o que bem entendessem nesse sentido. Não tínhamos aqueles velhos amuletos para isolá-los, como fizeram os habitantes dos Mares do Sul, e aqueles canaques nunca revelariam seus segredos.

"Quando lhes dávamos bastantes sacrifícios e bugigangas nativas e os abrigávamos na cidade assim que quisessem, eles deixavam todos em paz. Não incomodavam forasteiros, porque estes poderiam contar histórias fora da cidade... isto é, se não fossem espiões. Todos no bando dos fiéis... Ordem de Dagon... e os filhos nunca morreriam, mas voltariam para a Mãe Hidra[9] e para o Pai Dagon[10], de onde todos viemos... *Ia! Ia! Cthulhu fhtagn! Ph'nglui mglw'nafh Cthulhu R'lyeh wgah-nagl fhtaga...*"

O velho Zadok estava caindo, rapidamente, num delírio total, e eu prendi a respiração. Pobre e velha alma... A que lamentáveis profundezas de alucinação seu álcool, junto com seu ódio pela decadência, pela alienação e pela doença a seu redor, levou esse cérebro fértil e imaginativo? Então, ele começou a gemer, e lágrimas escorriam pelos sulcos de sua face, até as profundezas de sua barba.

"Deus do céu, o que foi que não vi desde que eu tinha 15 anos... *Mene, mene, tekel, upharsin!*... As pessoas que haviam desaparecido, ou que se haviam matado... aquelas que foram contar as coisas secretas em Arkham, ou em Ipswich, ou em outros lugares eram todas chamadas de loucas, como você deve estar me achando agora... Mas, Deus, o que eu vi... Eles teriam me matado há muito tempo pelo que sei, só que eu tinha prestado o primeiro e o segundo juramentos de Dagon junto com Obed, então eu estava totalmente protegido, a menos que um júri deles provasse que andei contando coisas conscientemente e de propósito... Mas eu não faria o terceiro juramento... preferiria morrer a prestá-lo...

"Ficou pior na época da Guerra Civil, quando as crianças nascidas em 1846 começaram a crescer... isto é, algumas delas. Eu estava com medo... nunca mais fiz outra oração depois daquela noite horrível, e jamais vi uma... delas... de perto, em toda a vida. Isto é, jamais uma de sangue puro. Fui para a guerra e, se tivesse coragem ou bom senso, nunca mais teria voltado, mas teria me estabelecido bem longe daqui. Mas pessoas me escreveram dizendo

---

9 Referência à água e ao fundo do mar (N.T.).
10 Ver nota 3.

que as coisas não estavam tão ruins. Suponho que disseram isso porque tropas de recrutamento do governo ocuparam a cidade depois de 1863. Após a guerra, tudo voltou a ficar tão ruim quanto antes. As pessoas começaram a ficar desinteressadas... oficinas e lojas fecharam... a navegação parou, o porto ficou entulhado de areia... a ferrovia foi abandonada... Mas eles... eles nunca pararam de nadar rio acima e abaixo, a partir daquele maldito recife de Satanás... e, cada vez mais, trancavam-se janelas de sótãos com tábuas pregadas, e, cada vez mais, se ouviam barulhos em casas nas quais não deveria haver ninguém...

"As pessoas de fora têm suas histórias sobre nós... Suponho que tenha ouvido muitas delas, vendo as perguntas que me faz... Histórias sobre coisas que eles viram, vez por outra, e sobre aquelas estranhas joias que ainda chegam de de algum lugar e não são totalmente fundidas... mas nada têm de definido. Ninguém vai acreditar em nada. Eles as chamam de coisas parecidas com ouro, pilhagem de piratas, e se convenceram de que as pessoas de Innsmouth têm sangue estrangeiro, ou corrompido, ou algo semelhante. Além disso, aqueles que vivem aqui afugentam tantos forasteiros quanto puderem, e alertam os demais a não ficar muito curiosos, especialmente à noite. Os animais empacam diante das criaturas... os cavalos mais que as mulas... mas, quando se anda de automóvel, tudo segue normalmente.

"Em 1846, o capitão Obed casou-se pela segunda vez, com uma mulher que ninguém, na cidade, jamais viu... Alguns dizem que ele não queria, mas foi obrigado por aqueles que havia chamado... Teve três filhos com ela... dois desaparecidos bem jovens, e uma menina, que não se parecia com ninguém e foi educada na Europa. Obed finalmente conseguiu casá-la, por meio de um truque, com um indivíduo de Arkham, que não suspeitava de nada. Mas, agora, ninguém de fora quer ter nenhuma relação com as pessoas de Innsmouth. Barnabas Marsh, que dirige a refinaria agora, é neto de Obed com sua primeira esposa... filho de Onesíforo, filho mais velho dele, mas a mãe era outra daquelas que nunca eram vistas fora de casa.

"Exatamente agora, Barnabas está passando pela mutação. Não consegue mais fechar os olhos e já mostra certas deformações. Dizem que ele ainda usa roupas, mas logo deverá ir para a água. Talvez já tenha tentado... Às vezes, eles mergulham por breves espaços de tempo, antes de irem-se para sempre. Faz nove ou dez anos que ninguém o vê em público. Não sei como a pobre esposa dele se sente... Ela veio de Ipswich, e quase lincharam Barnabas quando ele a cortejou, 50 anos atrás. Obed morreu com 78 anos, e toda a geração seguinte já se foi... Os filhos da primeira esposa também morreram, e o resto... só Deus sabe... "

O ruído da maré passou a ficar mais insistente e, aos poucos, parecia mudar o humor do velho – de um sentimentalismo lacrimejante, provocado pela embriaguez, para um medo vigilante. Ele parava de vez em quando, para renovar aqueles olhares nervosos por cima do ombro ou na direção do recife, e, apesar do tresloucado absurdo de seu longo relato, não pude deixar de compartilhar de sua apreensão. A voz de Zadok tornou-se mais estridente; ele parecia tentar aumentar sua coragem, falando de modo mais agudo.

"Ei, você, por que não diz alguma coisa? Que tal viver numa cidade dessas, com tudo apodrecendo e morrendo, e monstros trancados se arrastando, berrando, uivando e pulando na escuridão de porões e sótãos, por tudo quanto é lado? Hein? Que tal ouvir, noite após noite, os uivos que saem das igrejas e do Hall da Ordem de Dagon, e saber o que faz parte desses uivos? Que tal ficar escutando o que vem daquele horrível recife toda véspera de 1º de maio e do Halloween? Hein? Acha que o velho está louco, hein? Bem, senhor, deixe-me lhe dizer o que é ainda pior!"

Agora, Zadok gritava realmente, e a agitação enlouquecida de sua voz perturbou-me mais do que eu gostaria de admitir.

"Maldição, não fique me olhando desse jeito... Digo que Obed Marsh está no inferno, e é lá que tem de ficar! He, he... no inferno, repito! Não pode me agarrar... não fiz nada, nem disse nada a ninguém...

"Oh, você, rapaz? Bem, mesmo que não tenha contado a ninguém ainda, vou contar agora! Fique bem quieto aí e me escute, garoto... Isto é o que eu nunca contei a ninguém... Eu nunca mais saí a espreitar depois daquela noite... mas acabei descobrindo coisas do mesmo jeito!

"Quer saber o que é o verdadeiro horror, hein? Bem, aqui vai... Não é o que aqueles diabos-peixes fizeram, mas o que vão fazer! Eles estão trazendo as coisas de onde vieram para cá, para dentro da cidade... Vêm fazendo isso há anos e, ultimamente, mais devagar. As casas ao norte do rio, entre a rua Water e a Principal, estão repletas deles... desses diabos e de tudo o que trouxeram... e, quando estiverem prontos... repito, quando estiverem prontos... já ouviu falar de um *shoggoth*[11]?

"Ei, está me ouvindo? Eu lhe digo que sei o que essas coisas são... Eu as vi uma noite, quando... *eh-ahhh-ah! e'yahhh*..."

A horrível rapidez e o terror desumano do grito do velho quase me fizeram desmaiar. Seus olhos, fixos para além de mim, em direção ao mar malcheiroso, estavam, sem dúvida, saltando de sua cabeça; enquanto seu rosto era uma máscara de medo, digna da tragédia grega. Sua garra ossuda cravou monstruosamente em meu ombro, e ele não fez nenhum movimento quando virei a cabeça para olhar o que quer que ele tivesse visto.

---

11 *Shoggoth* é um monstro fictício criado pelo autor (N.T.)

Não havia nada que eu pudesse ver. Apenas a maré alta, com, talvez, um conjunto de ondulações mais próximas que a longa linha de arrebentações. Mas, agora, Zadok me sacudia, e eu me virei para observar aquele rosto, congelado de pavor, dissolver-se num caos de pálpebras contraídas e gengivas resmungando. Logo sua voz voltou, embora como um trêmulo sussurro.

"Saia daqui! Saia daqui! Eles nos viram... Vá embora, por sua vida! Não espere por nada... Eles agora sabem... Corra por sua vida... rápido... para fora dessa cidade."

Outra onda pesada chocou-se contra a alvenaria frouxa do antigo cais e mudou o sussurro do louco ancião em outro grito desumano e de gelar o sangue: "*E-yaahhhh!... Yheaaaaaa!...*"

Antes que eu pudesse recuperar meu raciocínio embaralhado, ele tinha afrouxado o aperto em meu ombro, e disparou, descontroladamente, para o interior em direção à rua, cambaleando para o norte, depois de contornar o muro do armazém em ruínas.

Olhei para o mar, mas não havia nada ali. E, quando cheguei à rua Water e olhei ao longo dela, em direção ao norte, não consegui ver o menor rastro de Zadok Allen.

IV

Mal consigo descrever o estado de ânimo em que me deixou esse angustiante episódio... episódio ao mesmo tempo lamentável, grotesco, louco e terrificante. Embora o rapaz da mercearia tivesse me preparado, ainda assim, a realidade me deixou mais que perplexo e perturbado. Por mais ingênua que a história fosse, a seriedade e o horror insanos do velho Zadok me afetaram com uma crescente inquietação, que se juntou à minha sensação anterior de aversão à cidade e sua influência maligna de sombra imaterial.

Mais tarde, quem sabe eu poderia refletir sobre o relato e extrair algum núcleo de alegoria histórica; nesse momento, porém, eu queria tirar isso de minha cabeça. A hora estava ficando perigosamente tardia – meu relógio marcava 19h15, e o ônibus para Arkham saía da Praça da Cidade às 20 horas –, por isso tentei enquadrar meus pensamentos em aspectos mais neutros e práticos, enquanto ia caminhando rapidamente pelas ruas desertas de telhados escancarados e casas inclinadas, rumando para o hotel em que havia deixado minha mala e no qual tomaria o ônibus.

Embora a luz dourada do fim da tarde conferisse aos antigos telhados e às decadentes chaminés um ar de beleza mística e paz, não pude deixar de olhar para trás, de vez em quando. Certamente, eu haveria de ficar muito contente em sair dessa malcheirosa Innsmouth, invadida pela sombra do medo, e desejava que houvesse outro veículo além do ônibus dirigido por aquele Sargent, de aparência sinistra. Mesmo assim, não me precipitei demais, pois havia detalhes arquitetônicos dignos de ser vistos em cada canto silencioso; e eu poderia, facilmente, calculei, cobrir a distância necessária em meia hora.

Examinando o mapa do jovem da mercearia, à procura de uma rota que eu não tinha percorrido antes, escolhi a rua Marsh em vez da State para chegar à Praça da Cidade. Perto da esquina da rua Fall, comecei a ver grupos dispersos de fofoqueiros disfarçados e, quando finalmente cheguei à praça, vi que quase todos os vagabundos se reuniam em torno da porta do hotel Gilman House. Parecia que muitos olhos esbugalhados, mala no saguão, e esperava que nenhuma dessas desagradáveis criaturas viajasse comigo no ônibus.

O ônibus, um tanto adiantado, chegou rangendo, com três

passageiros, um pouco antes das 20, e um sujeito de aparência maligna, na calçada, murmurou algumas palavras indistinguíveis para o motorista. Sargent jogou pela janela um malote postal e um rolo de jornais e entrou no hotel, enquanto os passageiros – os mesmos homens que eu vira chegando a Newburyport naquela manhã – desceram, cambaleando, e trocaram algumas palavras guturais com um dos vadios, numa língua que eu poderia jurar que não era inglês. Subi no ônibus vazio e sentei-me no mesmo assento que havia ocupado antes; mal havia me acomodado, porém, quando Sargent reapareceu e começou a resmungar, com uma voz rouca e repulsiva.

A que parecia, eu estava mesmo numa maré de azar. Algo errado havia ocorrido com o motor, apesar do excelente tempo feito desde Newburyport, e o ônibus não poderia completar a viagem até Arkham. Não, nem seria possível consertá-lo naquela noite, nem havia qualquer outro meio de transporte para sair de Innsmouth para Arkham, nem para nenhum outro lugar. Sargent lamentou o ocorrido, mas eu teria de pernoitar no Gilman. Provavelmente, o atendente me cobraria um preço camarada, mas não havia mais nada a fazer. Quase atordoado por esse obstáculo repentino, e temendo violentamente o cair da noite nessa cidade decadente e mal iluminada, saí do ônibus e entrei de novo no saguão do hotel, no qual o silencioso e estranho funcionário da noite me disse que eu poderia ocupar o quarto 428, no penúltimo andar – grande, mas sem água corrente – por 1 dólar.

Apesar do que tinha ouvido falar desse hotel em Newburyport, assinei o registro, paguei o dólar, deixei o balconista levar minha mala e segui aquele atendente azedo e solitário por três lances rangentes de escada, passando por corredores empoeirados, que pareciam sem vida. Meu quarto, sombrio, ficava nos fundos, tinha duas janelas, móveis simples e baratos, dava para um pátio sujo, cercado por prédios de tijolos, baixos e desertos, e que se abria acima para uma vista de telhados arruinados que se estendiam para o oeste, com uma paisagem pantanosa mais além. No fim do corredor, havia um banheiro – uma desanimadora relíquia, com uma pia de mármore antiga, banheira de estanho, luz elétrica fraca e revestimento de madeira mofado em torno de todas as instalações hidráulicas.

Como ainda era dia claro, desci até a praça e olhei ao redor, à procura de algum tipo de restaurante; ao fazê-lo, notei os olhares estranhos que recebia dos vadios adoentados. Como a mercearia estava fechada, fui forçado a entrar no restaurante que antes havia evitado; fui atendido por um homem curvado, de cabeça estreita, com olhos fixos e sem piscar, e por uma moça de nariz achatado, com mãos incrivelmente grossas e desajeitadas. O serviço era todo do tipo balcão, e fiquei aliviado ao descobrir que quase tudo era, visivelmente, tirado de latas e pacotes. Uma tigela de sopa de legumes com biscoitos foi o suficiente para mim, e logo voltei para meu quarto sombrio no Gilman, depois de receber um jornal vespertino e uma revista manchada das mãos do atendente carrancudo, que os havia tirado de um frágil suporte do lado de sua mesa.

Com as sombras do anoitecer se acumulando, acendi a fraca e única lâmpada elétrica, posta acima da cama de estrutura de ferro, e tentei, de todas as formas, continuar a leitura que havia começado. Achei aconselhável manter minha mente totalmente ocupada, pois não seria bom meditar sobre as anormalidades dessa cidade antiga e envolta em sombras malignas enquanto eu ainda estivesse dentro de seus limites. A história maluca que ouvira do velho beberrão não prometia sonhos muito agradáveis, e senti que deveria manter a imagem de seus olhos selvagens e lacrimejantes o mais longe possível de minha imaginação.

Além disso, não deveria me fixar no que aquele inspetor

de fábrica havia contado ao agente da bilheteria da estação de Newburyport sobre o Gilman House e as vozes de seus inquilinos noturnos... Nem nisso, nem no rosto sob a tiara na entrada da igreja negra, rosto cujo horror minha mente consciente não conseguia explicar. Talvez tivesse sido mais fácil manter meus pensamentos longe de tópicos perturbadores, se o quarto não estivesse tão horrivelmente mofado. Como estava, o mofo letal se misturava, de forma horrorosa, ao cheiro geral de peixe de toda a cidade, e fazia com que a imaginação da gente focasse persistentemente na morte e na decadência.

Outra coisa que me inquietava era a ausência de um ferrolho na porta de meu quarto. Um tinha estado ali, como as marcas mostravam claramente, mas havia sinais de recente remoção. Sem dúvida, estava estragado, como tantas outras coisas nesse prédio decadente. Em meu nervosismo, olhei em volta e descobri um ferrolho no guarda-roupa que parecia do mesmo tamanho, a julgar pelas marcas, que o anterior na porta. Para aliviar um pouco minha tensão geral, ocupei-me com a transferência dessa tranca para o local vazio, com a ajuda de um prático canivete com três tipos de chave, incluindo uma de fenda, que eu mantinha sempre em meu chaveiro. O ferrolho encaixou-se perfeitamente, e fiquei um tanto aliviado quando vi que poderia fechá-lo com firmeza ao me deitar. Não que eu tivesse alguma apreensão real de sua necessidade, embora qualquer símbolo de segurança fosse bem--vindo num ambiente desse tipo. Havia parafusos adequados nas duas portas laterais de comunicação com os quartos vizinhos, e resolvi apertá-los.

Não me despi, mas decidi ler até ficar com sono e, depois, deitei-me, tirando apenas o casaco, o colarinho e os sapatos. Apanhei uma lanterna da mala e coloquei-a no bolso das calças, para poder ler as horas de meu relógio de pulso, caso acordasse mais tarde no escuro. A sonolência, contudo, não veio; e, quando parei para analisar meus pensamentos, descobri, para minha inquietação, que eu estava, inconscientemente, ouvindo alguma coisa – ouvindo algo que temia, mas que não conseguia definir. A história do inspetor deve ter atuado em minha imaginação mais profundamente do que eu suspeitava. Mais uma vez, tentei ler, mas percebi que não progredia.

Depois de um tempo, pareceu-me ouvir as escadas e os corredores rangendo em intervalos, como se fosse com passos, e me perguntei se os outros quartos estavam começando a ser ocupados. Não havia vozes, contudo, e tive a impressão de que havia algo sutilmente disfarçado no rangido. Não gostei, e fiquei pensando se seria melhor nem tentar dormir. Essa cidade tinha algumas pessoas esquisitas, e, sem dúvida, houvera vários desaparecimentos. Seria essa uma daquelas estalagens em que assassinavam os viajantes para lhes roubar o dinheiro? Certamente, eu não tinha aparência de desfrutar de excessiva fortuna. Ou os habitantes da cidade ficavam ressentidos até mesmo com visitantes curiosos? Quem sabe, meus óbvios passeios, com as frequentes consultas ao mapa, haviam levantado suspeitas desfavoráveis. Ocorreu-me que eu devia estar muito nervoso para permitir que alguns rangidos aleatórios me fizessem especular dessa forma; mas, mesmo assim, lamentei estar desarmado.

Por fim, sentindo um cansaço que não tinha nada de sonolência, tranquei a porta recém-arrumada do corredor, apaguei a luz e joguei-me na cama dura e irregular – de casaco, de colarinho, de sapatos e tudo. Na escuridão, cada fraco ruído da noite parecia ampliado, e uma torrente de pensamentos duplamente desagradáveis tomou conta de mim. Lamentei ter apagado a luz, mas estava cansado demais para me levantar e acendê-la novamente. Então, depois de um longo e apavorante intervalo, precedido por um novo rangido de escadas e corredor, veio aquele som suave e incrivelmente inconfundível, que parecia uma concretização maligna de todas as minhas apreensões. Sem a menor sombra de dúvida, estavam testando a fechadura de minha porta – de modo cauteloso, furtivo, insistente – com uma chave.

Minhas sensações, ao detectar esse sinal de perigo real, foram, talvez, menos tumultuadas, por causa de meus vagos medos anteriores. Eu tinha estado, embora sem uma razão definida, instintivamente em guarda – e isso era uma vantagem para mim na nova e real crise, qualquer que fosse. No entanto, a mudança na ameaça de vaga premonição para uma realidade imediata foi um choque profundo, que me atingiu com a força de um verdadeiro golpe. Nunca me ocorreu que aquela remexida na fechadura pudesse ter sido um mero engano. Tudo o que eu conseguia pensar é que se tratava de um propósito maligno, e fiquei mortalmente quieto, esperando o movimento sucessivo do eventual intruso.

Depois de um tempo, o cauteloso ruído cessou, e ouvi que entraram no quarto vizinho, ao norte, com uma chave-mestra. Em seguida, a fechadura da porta de comunicação com meu quarto foi suavemente testada. O ferrolho resistiu, é claro, e ouvi o piso ranger quando o rondador saiu do quarto. Depois de um momento, ouvi outro leve rumor, que me avisava que tinham entrado no quarto ao sul do meu. E, de novo, uma tentativa discreta na fechadura da porta trancada de comunicação, e, mais uma vez, ruído de passos que recuam. Dessa vez, o rangido percorreu o corredor e desceu pelas escadas; assim eu soube que o intruso havia percebido a condição de minhas portas, todas trancadas, e estava desistindo de sua tentativa, por um tempo maior ou menor, como o futuro haveria de mostrar.

A rapidez com que comecei a traçar um plano de ação prova que eu devia estar, inconscientemente, temendo alguma ameaça e analisando, havia horas, possíveis caminhos de fuga. Desde o início, senti que o desajeitado e invisível intruso significava um perigo, do qual eu não deveria me aproximar e muito menos enfrentar, mas somente fugir a toda pressa. A única coisa a fazer era sair vivo daquele hotel, o mais rápido que pudesse, e por alguma outra saída que não fosse a escada da frente e o saguão.

Levantando-me, vagarosamente, e apontando a luz da lanterna para o interruptor, procurei acender a lâmpada acima da cama, para escolher e embolsar alguns pertences para uma fuga rápida e sem bagagem. Nada, no entanto, aconteceu; vi que a energia havia sido cortada. Claramente, um movimento secreto e maligno estava acontecendo, e em grande escala... Não saberia dizer o quê. Enquanto eu ficava pensando, com a mão no agora inútil interruptor, ouvi um rangido abafado no andar de baixo e pensei que podia, vagamente, distinguir vozes conversando. Um momento depois, tive menos certeza de que os sons mais profundos eram vozes, uma vez que os aparentes latidos roucos e os sons ásperos de sílabas soltas tinham pouca semelhança com a linguagem humana. Então, pensei com força renovada no que o inspetor de fábrica tinha ouvido falar durante a noite nesse edifício degradado e pestilento.

Depois de encher os bolsos com a ajuda da lanterna, coloquei meu chapéu e fui até a janela, na ponta dos pés, para analisar minhas chances de descida. Apesar dos regulamentos de segurança do Estado, não havia escada de emergência contra incêndio nesse lado do hotel, e vi que minhas janelas davam para um pátio calçado com pedras arredondadas, três andares abaixo. À direita e à esquerda, no entanto, alguns blocos antigos de salas comerciais de tijolos confinavam com o hotel; seus telhados inclinados ficavam a uma distância razoável de meu quarto andar. Para alcançar qualquer uma dessas fileiras de prédios, eu precisaria estar num quarto a duas portas (no lado norte ou no lado sul do meu); e minha mente começou, instantaneamente, a calcular a probabilidade que eu tinha de transpor o vão.

Não poderia, decidi, arriscar sair pelo corredor, onde meus passos certamente seriam ouvidos – e seria muito difícil entrar no quarto desejado. Meu avanço, se precisasse ser feito, de qualquer forma, teria de ser através das portas de ligação dos quartos, menos solidamente construídas, cujas fechaduras e ferrolhos eu teria de forçar violentamente, usando meu ombro sempre que fosse necessário. Isso, pensei, seria possível, devido à natureza instável da casa e de suas instalações; mas percebi que não poderia fazer isso silenciosamente. Eu teria de contar com rapidez absoluta e também com a probabilidade de chegar a uma janela antes que forças hostis tivessem tempo de se coordenar para abrir a porta certa a meu encalço, com uma chave-mestra. Reforcei minha própria porta externa, empurrando a cômoda contra ela – aos poucos, para fazer o mínimo de ruído.

Percebi que minhas chances eram muito pequenas, e eu estava totalmente preparado para qualquer calamidade. Mesmo chegar a outro telhado não resolveria o problema, pois restaria, então, a tarefa de alcançar a rua e fugir da cidade. Uma coisa a meu favor era o estado deplorável e em ruínas do prédio ao lado, e o número de claraboias tenebrosas e escancaradas em cada fileira.

Depois de concluir, de acordo com o mapa do rapaz da mercearia, que a melhor rota de saída da cidade era para o sul, olhei primeiro para a porta de ligação com o quarto ao lado. Tinha sido projetada para abrir em minha direção; por isso vi, depois de puxar o ferrolho e encontrar outra tranca no lugar, que não era fácil arrombá-la. Consequentemente, abandonando-a como possibilidade de rota, empurrei cautelosamente a cabeceira da cama contra ela, para impedir qualquer ataque vindo do quarto contíguo. A porta do lado norte abria-se para o lado oposto, e – embora um teste provasse que ela estava trancada ou aparafusada do outro lado – eu sabia que essa deveria ser minha rota. Se eu conseguisse alcançar os telhados dos prédios da rua Paine e descer com sucesso até o nível do solo, talvez eu pudesse disparar através do pátio e do prédio ao lado, ou do oposto, que dava para a rua Washington ou para a rua Bates; ou, então, subir a rua Paine e contornar o sul, em direção à Washington. Em todo caso, meu objetivo era chegar, de alguma forma, à rua Washington e sair, rapidamente, da região da Praça da Cidade. Minha preferência seria evitar a rua Paine, visto que o posto do corpo de bombeiros poderia ficar aberto a noite toda.

Enquanto pensava nessas coisas, olhei para o mar esquálido de telhados decadentes, abaixo de mim, agora iluminados pelos raios de uma lua quase cheia. À direita, a fenda negra da garganta do rio cortava o panorama; fábricas abandonadas e as ruínas da estação ferroviária estendiam-se como cracas pelas laterais. Além delas, a ferrovia enferrujada e a estrada Rowley atravessavam um terreno plano e pantanoso, pontilhado de ilhotas de terras altas e secas, com vegetação rasteira. À esquerda, o campo sulcado por riachos ficava mais próximo, e a estrada estreita para Ipswich brilhava, branca, ao luar. Eu não conseguia ver, do lado do hotel em que me encontrava, a rota para o sul, em direção a Arkham, que eu havia decidido tomar.

De forma hesitante, eu especulava sobre quando seria melhor atacar a porta que dava para o norte, e como poderia fazê-lo de forma menos audível, quando percebi que os vagos ruídos abaixo haviam dado lugar a um novo e mais forte rangido da escada. Um lampejo de luz vacilante infiltrou-se pelas frestas do batente da porta, e as tábuas do corredor começaram a ranger, sob passos pesados. Sons abafados, de possível origem vocal, se aproximaram, e, por fim, uma firme batida foi desferida contra a porta de meu quarto.

Por um momento, simplesmente prendi a respiração e esperei. Parecia que uma eternidade tinha passado, e o cheiro enjoativo de peixe a meu redor parecia aumentar repentina e espetacularmente. Então, nova batida, repetida várias vezes e com insistência cada vez maior. Eu sabia que havia chegado a hora de agir e, imediatamente, puxei o ferrolho da porta de comunicação do norte, preparando-me para a tentativa de arrombá-la. As batidas tornaram-se mais fortes, e eu esperava que esse barulho encobrisse o ruído que faria com meus esforços. Por fim, pondo meu plano em execução, lancei-me, repetidas vezes, contra o painel fino da porta, com meu ombro esquerdo, sem me importar com o choque nem com a dor. A porta resistiu bem mais do que eu esperava, mas não desisti. E, durante todo esse tempo, o clamor na porta externa aumentava.

Finalmente, a porta de comunicação cedeu, mas com tanto estrondo que eu sabia ter sido ouvido. Instantaneamente, as batidas do lado de fora se tornaram violentas, enquanto chaves soavam ameaçadoramente nas portas do corredor dos quartos de ambos os lados. Atravessando, a toda pressa, a conexão recém-aberta, consegui trancar a porta do corredor norte antes que a fechadura pudesse ser aberta; mas, ao fazê-lo, ouvi a porta do corredor do terceiro quarto – aquele de cuja janela eu esperava alcançar o telhado abaixo – sendo testada com uma chave-mestra.

Por um instante, senti-me invadido por um total desespero, visto que minha prisão num quarto sem janelas de saída parecia inevitável. Uma onda de horror quase anormal apoderou-se de mim e revelou, com uma singularidade terrível, mas inexplicável, as pegadas que vislumbrei à luz da lanterna, deixadas no pó pelo intruso que acabara de tentar abrir a porta desse quarto que dava para o meu. Então, impulsionado por um automatismo atordoado, que persistia apesar da desesperança, fui para a porta seguinte de comunicação e executei o movimento cego de empurrá-la, num esforço de passar e – desde que encontrasse as fechaduras tão providencialmente intactas quanto as desse segundo quarto – trancar a porta do corredor mais adiante, antes que pudessem abri-la pelo lado de fora.

A sorte estava do meu lado, e senti-me aliviado, pois a porta de comunicação diante de mim não estava apenas destrancada, mas, na verdade, entreaberta. Num segundo, passei por ela e já estava com meu joelho direito e meu ombro contra uma porta do corredor que visivelmente se abria para dentro. Minha pressão apanhou o invasor de surpresa, pois a porta se fechou com o empurrão que dei, de modo que pude deslizar o ferrolho bem firme, como havia feito com a porta anterior. Enquanto me concedia essa breve pausa, ouvia que as batidas nas outras duas portas diminuíam, mas um barulho confuso vinha aumentando diante da porta de comunicação que eu havia protegido com a cabeceira da cama. Evidentemente, a maior parte de meus perseguidores havia entrado no quarto do lado sul, e estava se concentrando para um ataque lateral. Mas, no mesmo momento, uma chave-mestra girou na fechadura da porta seguinte, no lado norte, e logo me dei conta de que o perigo estava realmente próximo.

A porta de comunicação para o norte estava totalmente aberta, mas não havia tempo para pensar em verificar a fechadura, que já girava no corredor. Tudo o que pude fazer foi fechar e trancar a porta de comunicação aberta, bem como a outra que ficava do lado oposto – empurrando uma armação de cama contra a primeira e uma escrivaninha contra a segunda, e deslocando uma pia diante da porta do corredor. Vi, então, que eu deveria confiar nessas barreiras improvisadas para me proteger, até que pudesse sair pela janela e chegar ao telhado do prédio da rua Paine. Mas, mesmo naquele momento crítico, meu principal horror nada tinha a ver com a fraqueza imediata de minhas defesas. Eu estava tremendo porque nenhum dos meus perseguidores, apesar de alguns ofegos horríveis, grunhidos e latidos abafados em intervalos estranhos, proferia um som vocal não abafado ou mesmo inteligível.

Enquanto arrastava os móveis e corria em direção às janelas, ouvi uma correria assustadora, ao longo do corredor em direção do quarto ao norte daquele que eu ocupava, e percebi que as batidas no lado sul haviam cessado. Era óbvio que a maioria de meus oponentes estava prestes a se concentrar diante da fraca porta de comunicação, que eles sabiam que abria diretamente para o local em que eu estava. Lá fora, a lua brincava na viga mestra do prédio abaixo, e vi que o salto seria desesperadamente perigoso, por causa da superfície íngreme em que eu deveria pousar.

Examinando as condições entre as duas janelas, escolhi como rota de fuga a que ficava mais ao sul, planejando pousar na inclinação interna do telhado e seguir para a claraboia mais próxima. Uma vez dentro de uma das arruinadas estruturas de tijolos, eu teria de contar com a perseguição; mas esperava descer e me esquivar para dentro e para fora das portas escancaradas ao longo do pátio sombreado, chegando, afinal, à rua Washington e saindo da cidade em direção ao sul.

A algazarra na porta de comunicação ao norte era assustadora, e vi que o frágil painel da porta começava a se estilhaçar. Obviamente, os sitiantes haviam trazido algum objeto pesado, empregando-o para arrombá-la. A cabeceira da cama, no entanto, ainda se mantinha firme, o que me dava pelo menos uma boa chance de escapar. Ao abrir a janela, notei que tinha pesadas cortinas de veludo, suspensas numa barra por argolas de latão; vi que havia também um grande trinco saliente para as venezianas do lado de fora. Vendo, ali, um meio possível de evitar o salto perigoso, puxei as cortinas e arranquei-as, com a barra metálica e tudo; em seguida, prendi rapidamente dois dos anéis no fecho da veneziana, e empurrei a cortina para fora. As pesadas dobras alcançaram em cheio o telhado vizinho, e vi que os anéis e o fecho, provavelmente, suportariam meu peso. Então, saindo pela janela e descendo a improvisada escada de corda, deixei para sempre a construção mórbida e infestada de horrores do Gilman House.

Pousei em segurança nas ardósias soltas do telhado íngreme e consegui ganhar a escancarada claraboia negra sem escorregar. Olhando para a janela que eu havia deixado, observei que ainda estava às escuras, embora ao longe, através das chaminés em ruínas ao norte, eu pudesse ver luzes agourentas brilhando no Hall da Ordem de Dagon, na Igreja Batista e na Igreja Congregacional, algo de que me lembro com arrepios. Parecia não haver ninguém no pátio abaixo, e eu esperava ter uma chance de escapar antes que o alarme geral soasse. Apontando minha lanterna de bolso para a claraboia, vi que não havia degraus para baixo. A distância era pequena; por isso, escalei a borda e pulei, batendo num chão empoeirado, cheio de caixas e barris caindo aos pedaços.

O lugar tinha uma aparência horripilante, mas não dei importância a essas impressões e me dirigi, imediatamente, para a escada que a lanterna me revelava – depois de uma rápida olhada em meu relógio, que mostrava 2 horas da madrugada. Os degraus rangiam, mas pareciam razoavelmente sólidos, e desci correndo, passando por um segundo andar em forma de celeiro, até o térreo. A desolação era completa, e apenas ecos respondiam a meus passos. Finalmente, cheguei ao corredor de baixo, no fim do qual vi um retângulo mal iluminado, que marcava a entrada, em ruínas, da rua Paine. Fui para o outro lado e encontrei a porta dos fundos também aberta; passei por ela, em disparada, e desci os cinco degraus de pedra, até as pedras arredondadas do pátio, cobertas de grama.

Os raios da lua não chegavam até esse ponto, mas eu podia ver meu caminho sem usar a lanterna. Algumas das janelas do lado do Gilman House brilhavam fracamente, e pensei ter ouvido sons confusos lá dentro. Caminhando, com cuidado, para o lado da rua Washington, percebi várias portas abertas e escolhi a mais próxima como rota de saída. O corredor interno estava escuro, e, quando cheguei à extremidade oposta, vi que a porta da rua estava hermeticamente fechada. Decidido a tentar outro prédio, tateei meu caminho de volta para o pátio, mas parei um pouco antes da entrada.

Pois, de uma porta aberta no Hotel Gilman, vinha saindo uma grande multidão de formas imprecisas – lanternas balançando na escuridão e horríveis vozes grasnando, trocando gritos baixos numa língua que, certamente, não era inglês. Os vultos se moviam, vacilantes, e, para meu alívio, percebi que não sabiam para onde eu tinha ido; mas nem por isso deixei de sentir um arrepio de horror percorrendo todo o meu corpo. Suas feições eram indistinguíveis, mas seu andar agachado e cambaleante era abominavelmente repelente. E, pior de tudo, percebi que uma figura estava estranhamente vestida e usava, sem dúvida, uma alta tiara, de um design mais que familiar. À medida que os vultos se espalhavam pelo pátio, senti meu temor aumentar. E se eu não conseguisse encontrar nenhuma saída desse prédio para o lado da rua? O cheiro de peixe era detestável, e eu me perguntava se conseguiria suportá-lo sem desmaiar. Mais uma vez, tateando em direção à rua, abri uma porta do corredor e entrei num quarto vazio, com janelas fechadas, mas sem caixilhos. Iluminando-o com minha lanterna, descobri que era possível abrir as venezianas; e, momentos depois, saí pela janela e voltei a fechá-la, deixando-a como a havia encontrado.

Estava agora na rua Washington e, de momento, não vi nenhum ser vivo, nem luz alguma, exceto a da lua. De várias direções distantes, no entanto, eu podia ouvir o som de vozes roucas, de passos e de um estranho tipo de andar, que não soava exatamente como passos. Certamente, eu não tinha tempo a perder. Os pontos cardeais estavam claros para mim, e fiquei contente ao ver que todas as luzes das ruas estavam apagadas, como é costume difundido em noites de luar nas regiões rurais. Alguns dos sons vinham do sul, mas mantive meu plano de escapar naquela direção. Haveria, sabia muito bem, muitas portas desertas para me abrigar, no caso de eu encontrar qualquer pessoa ou grupo que se parecesse com perseguidores.

Caminhei, rapidamente, com cautela e bem junto das casas em ruínas. Embora sem chapéu e despenteado depois da árdua escalada, eu não tinha uma aparência de chamar facilmente atenção, e tinha, portanto, uma boa chance de passar despercebido, caso fosse obrigado a me encontrar com algum viajante casual. Na rua Bates, entrei num vestíbulo escancarado, enquanto duas figuras cambaleantes cruzavam na minha frente, mas logo eu estava a caminho de novo, e me aproximando do espaço aberto onde a rua Eliot cruza obliquamente a Washington, na intersecção com a rua Sul. Embora eu nunca tivesse visto esse espaço, no mapa do jovem da mercearia ele parecia perigoso, pois o clarão da lua o iluminava totalmente. Não adiantava tentar evitá-lo, pois qualquer caminho alternativo envolveria desvios de visibilidade e consequente atraso, possivelmente desastrosos. A única coisa a fazer era cruzá-lo abertamente e com ousadia, imitando, da melhor maneira possível, o andar cambaleante e típico dos nativos de Innsmouth e esperando que ninguém – ou pelo menos nenhum de meus perseguidores – aparecesse por lá.

Eu não tinha a menor ideia de como eles haviam organizado a perseguição, nem com que propósito. Parecia haver atividade incomum na cidade, mas julguei que a notícia de minha fuga do Gilman ainda não havia se espalhado. Eu, é claro, logo teria de sair da rua Washington para alguma outra via ao sul, pois aquele grupo do hotel estaria, sem dúvida, atrás de mim. Devo ter deixado marcas na poeira daquele último prédio antigo, revelando como consegui chegar à rua.

O espaço aberto estava, como eu esperava, fortemente iluminado pela lua; e vi os restos de um parque verde, com grades de ferro no centro. Felizmente, não havia ninguém por perto, embora um estranho tipo de zumbido ou rugido parecesse aumentar na direção da Praça da Cidade. A rua Sul era muito larga, levando, num leve declive, diretamente até a orla marítima e proporcionando uma ampla visão do mar; e eu esperava que ninguém estivesse olhando de longe, enquanto a atravessava sob o claro luar.

Avancei, de modo desimpedido, sem nenhum ruído novo que pudesse insinuar que eu tinha sido espionado. Olhando a meu redor, involuntariamente diminuí o passo, por instantes, a fim de contemplar o mar, que se abria deslumbrante sob o luar ardente, no fim da rua. Muito além do quebra-mar estava o contorno escuro e sombrio do Recife do Diabo, e, ao vislumbrá-lo, não pude deixar de pensar em todas as horrorosas lendas que tinha ouvido nas últimas 24 horas – lendas que retratavam esse rochedo irregular como uma verdadeira porta de entrada para reinos de insondável horror e de inconcebível anormalidade.

Então, sem aviso, vi os clarões descontínuos de luz no recife distante. Eram definidos e inconfundíveis, e despertaram em minha mente um horror cego que ia além de qualquer dimensão racional. Meus músculos se contraíram para uma fuga em pânico, contidos apenas por certa cautela inconsciente e por um fascínio semi-hipnótico. E, para piorar as coisas, agora brilhava, da elevada cúpula da Gilman House, que se erguia atrás de mim, uma série de clarões semelhantes, embora com espaçamento diferente, e que só poderiam ser sinais de resposta.

Controlando os músculos e percebendo, mais uma vez, como eu estava claramente exposto, retomei meu passo mais enérgico e simulei estar cambaleante, embora mantivesse o olhar fixo naquele recife infernal e ameaçador, enquanto a abertura da rua Sul me propiciasse uma vista para o mar. Não conseguia imaginar o que todo aquele procedimento significava; talvez fizesse parte de algum rito estranho, conectado com o Recife do Diabo, ou, quem sabe, algum grupo tivesse desembarcado de um navio naquele rochedo sinistro. Então, virei à esquerda, depois de contornar o gramado ressequido, sempre olhando para o lado do mar, que brilhava sob o luar espectral do verão, e fitando o enigmático clarão daqueles inomináveis e inexplicáveis sinais luminosos.

Foi então que a impressão mais horrível de todas me acometeu – a impressão que destruiu meu último vestígio de autocontrole e me fez correr, freneticamente, para o sul, passando pelas portas escuras escancaradas e pelas janelas suspeitamente arregaladas daquela deserta rua de pesadelo. Pois, olhando mais de perto, vi que as águas iluminadas pela lua, entre o recife e a costa, estavam longe de estar vazias. Estavam vivas, com uma horda abundante de formas, que nadavam para dentro em direção da cidade; e, mesmo à grande distância em que eu me encontrava e em meu único momento de percepção, consegui ver que as cabeças que balançavam e os braços que se agitavam nas águas eram estranhos e aberrantes, e dificilmente podiam ser expressos ou formulados de modo consciente.

Minha corrida frenética cessou antes que eu tivesse coberto um quarteirão, pois, à minha esquerda, comecei a ouvir algo como o clamor e o grito de uma perseguição organizada. Ouvia passos e sons guturais, e um motor barulhento que ia chiando para o sul, ao longo da rua Federal. Num segundo, todos os meus planos foram radicalmente mudados – pois, se a rodovia para o sul estivesse bloqueada à minha frente, eu deveria, claramente, encontrar outra saída de Innsmouth. Parei e entrei por uma porta aberta, refletindo sobre a sorte que tivera de ter deixado o espaço aberto iluminado pela lua antes que esses perseguidores descessem a rua paralela.

Uma segunda reflexão foi menos reconfortante. Como a perseguição era conduzida por outra rua, estava claro que o grupo não me seguia diretamente. Não havia me visto, e seguia apenas um plano geral de interceptar minha fuga. Isso, no entanto, significava que todas as estradas que saíam de Innsmouth estavam sendo patrulhadas, pois os moradores não poderiam saber que caminho eu pretendia tomar. Se assim fosse, eu teria de empreender minha retirada pelos campos, longe de qualquer estrada; mas como poderia fazê-lo, em vista da natureza pantanosa e crivada de riachos de toda a região circundante? Por um momento, meu cérebro vacilou – tanto por total desesperança quanto por um rápido aumento do onipresente cheiro de peixe.

Então, pensei na ferrovia abandonada para Rowley, cuja linha sólida, de terra coberta de cascalho e ervas daninhas, ainda se estendia no sentido noroeste, partindo da estação em ruínas, na beira da garganta do rio. Havia apenas uma chance

de os habitantes da cidade não terem pensado nela, pois seu estado de abandono e a farta presença de arbustos espinhentos tornavam-na praticamente intransitável, além do mais improvável de todos os caminhos que um fugitivo haveria de escolher. Eu a tinha visto claramente da janela do hotel, e sabia como estava.

A maior parte de sua extensão inicial era desconfortavelmente visível da estrada para Rowley e de lugares altos da própria cidade; mas alguém poderia, talvez, rastejar discretamente entre a vegetação rasteira, sem ser visto. De qualquer forma, seria minha única chance de libertação, e não havia nada a fazer a não ser tentar.

Entrando no saguão de meu abrigo deserto, consultei mais uma vez o mapa do garoto da mercearia, com a ajuda da lanterna. O problema imediato que se apresentava era como chegar à antiga ferrovia; e, então, percebi que o caminho mais seguro seria ir em frente, para a rua Babson; depois, a oeste, pela rua Lafayette, contornando ali, sem atravessar, um espaço aberto, semelhante ao que já havia atravessado e, posteriormente, de volta para o norte e para o oeste, numa linha em ziguezague pelas ruas Lafayette, Bates, Adam e Bank – essa última seguia a garganta do rio até a estação abandonada e dilapidada que eu tinha visto da janela do hotel. O motivo que me levava a seguir em frente, pela rua Babson, era que eu não desejava cruzar novamente o espaço aberto, nem começar meu caminho para oeste, ao longo de uma rua transversal tão larga quanto a Sul.

Partindo uma vez mais, atravessei a rua para o lado direito, a fim de contornar a esquina da Babson o mais discretamente possível. Havia ruídos ainda na rua Federal, e, quando olhei para trás, pensei ter visto um raio de luz perto do prédio pelo qual eu havia fugido. Ansioso por deixar de vez a rua Washington, comecei a acelerar o passo, quase correndo, confiando na sorte de não encontrar nenhum olhar observador. Perto da esquina da rua Babson, tomei um susto ao ver que uma das casas ainda continuava habitada, como atestavam as cortinas da janela; mas não havia luz no interior, e passei sem problema.

Na rua Babson, que cruzava a Federal e poderia, assim, me revelar a meus perseguidores, segui tão colado quanto possível aos prédios descaídos e irregulares, parando duas vezes numa entrada, quando os ruídos atrás de mim pareciam aumentar por um momento. O espaço aberto à frente brilhava amplo e desolado sob a lua, mas minha rota não me obrigaria a cruzá-lo. Durante minha segunda parada, comecei a detectar uma nova distribuição de sons vagos; e, ao olhar, com cautela, para fora do esconderijo, avistei um carro disparando pelo espaço aberto, seguindo na direção da rua Eliot, que ali cruzava com a Babson e a Lafayette.

Enquanto eu observava – sufocado por um súbito aumento do cheiro de peixe, após uma breve redução –, vi um bando de formas rudes e encurvadas, seguindo às pressas e cambaleando na mesma direção; julguei que esse devia ser o grupo que guardava a estrada de Ipswich, visto que se tratava de uma extensão da rua Eliot. Duas das figuras que vislumbrei usavam vestes luxuosas, e uma trazia uma coroa pontuda na cabeça, que brilhava palidamente ao luar. O modo de andar dessa figura era tão estranho que me arrepiou todo, pois me parecia que a criatura praticamente saltitava.

Quando o último membro do bando sumiu de vista, retomei meu avanço, correndo até a esquina da rua Lafayette e cruzando a rua Eliot, a toda pressa, de medo que os retardatários do grupo ainda estivessem avançando por essa via. Ouvi alguns grasnidos e uns barulhos distantes, vindos da Praça da Cidade, mas consegui chegar até onde queria, sem problemas. Meu maior temor era cruzar novamente a ampla e enluarada rua Sul – com sua vista para o mar –, e tive de criar coragem para enfrentar esse novo desafio. Alguém poderia facilmente estar olhando, e possíveis retardatários da rua Eliot não deixariam de me ver, de qualquer um dos dois pontos. No último momento, decidi que era melhor diminuir o passo e fazer a travessia como antes, com o andar cambaleante da maioria dos nativos de Innsmouth.

Quando a vista do mar se abriu novamente – dessa vez, à

minha direita –, eu estava meio determinado a não olhar para ela. Não pude, contudo, resistir; mas lancei um olhar de viés, enquanto, cuidadosa e imitativamente, cambaleava em direção às sombras protetoras à frente. Não havia navio visível, como, de certa forma, eu esperava que houvesse. Em vez disso, a primeira coisa que me chamou a atenção foi um pequeno barco a remo se aproximando do cais abandonado e carregado com algum objeto volumoso, coberto por uma lona. Os remadores, embora vistos de longe e de modo impreciso, eram de aspecto particularmente repulsivo. Vários nadadores ainda eram perceptíveis; enquanto, no distante recife negro, eu podia ver um brilho fraco e constante, diferente daquele visível do farol que piscava, e de uma cor curiosa que não consegui identificar com precisão. Acima dos telhados inclinados, à frente e à direita, erguia-se a alta cúpula do Gilman House, mas estava completamente escura. O cheiro de peixe, dissipado, por um momento, por uma misericordiosa brisa, agora refluía novamente, com uma intensidade enlouquecedora.

Mal tinha atravessado a rua, ouvi um bando avançar, murmurando ao longo da rua Washington, vindo do Norte. Quando eles chegaram ao amplo espaço aberto, onde eu tivera meu primeiro vislumbre inquietante da água iluminada pela lua, pude vê-los claramente, a apenas uma quadra de distância – e fiquei horrorizado com a anormalidade bestial em seus rostos e com a condição subumana de semelhança canina de seu andar agachado. Um homem se movia de maneira positivamente simiesca, com os braços longos tocando frequentemente o chão; enquanto outra figura – vestida com túnica e tiara – parecia avançar de uma forma quase saltitante. Julguei que esse grupo era aquele que eu tinha visto no pátio do Gilman – aquele, portanto, que estava mais próximo em meu encalço. Quando algumas das figuras se viraram para olhar em minha direção, fiquei paralisado de medo, mas consegui preservar o andar casual e cambaleante que assumira. Até hoje não sei se eles me viram ou não. Se me viram, minha estratégia deve tê-los enganado, pois passaram pelo espaço iluminado pela lua sem alterar seu caminho – enquanto grasnavam e tagarelavam, num detestável dialeto gutural, que não consegui identificar.

Mais uma vez na sombra, retomei meu passo acelerado e ultrapassei as casas inclinadas e arruinadas, que fitavam inexpressivamente a noite. Depois de atravessar para a calçada, do lado oeste, dobrei a esquina mais próxima, para a rua Bates, onde me mantive colado aos prédios do lado sul. Passei por duas casas que mostravam sinais de habitação, uma das quais tinha luzes fracas nos aposentos de cima, embora não encontrasse obstáculo algum. Ao virar na rua Adams, senti-me consideravelmente mais seguro, mas levei um choque quando um homem saiu cambaleando de uma porta escura, bem na minha frente. Estava bêbado demais para se configurar como uma ameaça; assim, cheguei em segurança às sinistras ruínas dos armazéns da rua Bank.

Ninguém se mexia naquela rua morta, ao lado da garganta do rio, e o rugido das cachoeiras abafava completamente meus passos. Foi uma longa corrida acelerada, até a estação em ruína,s e os grandes muros de tijolo do armazém a meu redor me pareciam, de alguma forma, mais aterrorizantes que as fachadas das casas particulares. Por fim, vi a antiga estação em arcos – ou o que sobrava dela –, e avancei diretamente para os trilhos, que partiam de sua extremidade mais distante.

Os trilhos estavam enferrujados, mas intactos, e não mais da metade dos dormentes havia apodrecido. Caminhar ou correr em tal superfície era muito difícil, mas fiz o melhor que pude e, de modo geral, me saí bem. Por alguma extensão, a linha férrea acompanhava a margem da garganta do rio, mas, finalmente, cheguei à longa ponte, coberta onde ela cruzava o abismo, a uma altura vertiginosa. As condições dessa ponte determinariam meu próximo passo. Se fosse humanamente possível, eu a usaria; caso contrário, teria de correr o risco de vagar mais tempo pelas ruas e tomar a ponte rodoviária intacta mais próxima.

A enorme extensão da velha ponte, semelhante a um celeiro, brilhava espectralmente ao luar, e percebi que os dormentes estavam intactos e firmes, pelo menos em alguns pontos. Ao entrar, acendi minha lanterna, e quase fui derrubado pela nuvem de morcegos que passou voando por mim. Mais ou menos na metade da travessia, havia um perigoso vão entre os dormentes, e, por um momento, temi que isso me impedisse de avançar; mas, no fim, arrisquei um salto desesperado, que, felizmente, deu certo.

Fiquei contente ao tornar a ver o luar quando saí daquele túnel macabro. Os velhos trilhos cruzavam a rua River e, imediatamente se desviavam-se para uma região cada vez mais rural e com cada vez menos o abominável odor de peixe de Innsmouth. Nesse ponto, a densa profusão de ervas daninhas e sarças me atrapalhava e rasgava cruelmente minhas roupas; ainda assim, alegrei-me com sua presença, pois elas poderiam me ocultar, em caso de perigo. Eu sabia que grande parte de minha rota deveria ser visível da estrada para Rowley.

A região pantanosa começou logo depois, repentinamente, com a via única num aterro baixo e gramado, no qual as ervas daninhas eram um pouco mais ralas. Mais adiante, havia uma espécie de ilha, de terreno mais alto, pela qual passava a via, por um corte raso e aberto, cheio de arbustos e amoreiras. Fiquei contente com esse abrigo parcial, pois, nesse ponto, a estrada Rowley ficava muito próxima, de acordo com a visão que eu tivera da janela do hotel. No fim do corte, a estrada cruzava a via férrea, desviando-se, depois, para uma distância mais segura; mas, até chegar a esse ponto, eu deveria ser extremamente cauteloso. A essa altura, tinha a grata certeza de que a ferrovia não era patrulhada.

Pouco antes de entrar no trecho aterrado, olhei para trás, mas não vi nenhum perseguidor. As torres e os telhados antigos da decadente Innsmouth brilhavam, adoráveis e etéreos, ao mágico luar amarelado, e pensei em como deveriam ser nos velhos tempos, antes de sobrevir a sombra. Então, quando meu olhar circulou pelo interior da cidade, algo menos tranquilo prendeu minha atenção e me manteve imóvel por um segundo.

O que vi – ou imaginei ter visto – foi uma perturbadora sugestão de movimento ondulante, ao longe e em direção ao sul; sugestão que me fez concluir que uma horda imensa devia estar saindo da cidade, ao longo da estrada plana de Ipswich. A distância era grande, e não consegui distinguir nada em detalhes; mas não gostei nada da aparência daquela coluna em movimento. Ondulava demais, e brilhava intensamente sob os raios da lua, que agora aparecia a oeste. Havia também uma sugestão de som, embora o vento soprasse na direção contrária – sugestão de arranhões e uivos bestiais ainda piores que os murmúrios dos grupos que eu tinha ouvido recentemente.

Toda variedade de especulações desagradáveis passaram por minha cabeça. Pensei naqueles tipos extremos de Innsmouth, que estariam escondidos, dizia-se, em antros centenários em ruínas, situados perto da orla marítima; pensei também naqueles inomináveis nadadores que tinha visto. Contando os grupos avistados até agora, bem como aqueles que provavelmente cobriam outras estradas, o número de meus perseguidores devia ser estranhamente grande para uma cidade tão despovoada como Innsmouth.

De onde poderia vir o extraordinário número de componentes dessa coluna que eu via nesse momento? Será que aqueles antigos antros desconhecidos fervilhavam de seres vivos adulterados, não catalogados e insuspeitos? Ou será que algum navio invisível realmente desembarcou uma legião de forasteiros anônimos naquele recife infernal? Quem eram eles? Por que estavam aqui? E, se tal coluna deles estivesse vasculhando a estrada de Ipswich, as patrulhas nas outras estradas seriam aumentadas da mesma forma?

Eu havia entrado num trecho de vegetação rasteira, e esforçava-me para seguir em frente, num passo muito lento, quando aquele maldito cheiro de peixe tornou-se, novamente, predominante. Será que o vento tinha mudado de repente para o leste, de modo que soprava do mar em direção à cidade? Isso deve ter ocorrido, concluí, visto que comecei a ouvir murmúrios guturais chocantes vindos daquela direção, até então silenciosa. Havia outro som também – uma espécie de bater ou tamborilar muito alto, que, de alguma forma, evocava imagens do tipo mais detestável. Isso me fez pensar, contra toda lógica, naquela coluna desagradavelmente ondulante na distante estrada de Ipswich.

E, então, o fedor e os sons ficaram mais fortes, de modo que parei, tremendo e grato pela proteção do local. Lembrei-me de que era ali que a estrada para Rowley se aproximava da velha ferrovia, antes de atravessá-la para oeste e desviar. Alguma coisa vinha chegando por aquela estrada; por isso, fiquei escondido, até que ela passasse e desaparecesse ao longe. Graças aos céus, essas criaturas não usavam cães para rastrear – embora isso, talvez, fosse impossível no meio do odor onipresente na região. Agachado entre os arbustos daquela fenda de areia, eu me sentia razoavelmente seguro, embora soubesse que os perseguidores teriam de atravessar a via férrea à minha frente, a não muito mais de 1 quilômetro de distância. Eu poderia vê-los, mas eles não conseguiriam me ver, exceto por um milagre maligno.

De repente, comecei a ficar com medo de olhar para eles, enquanto passavam. Eu via o espaço, iluminado pela lua, pelo qual haveriam de surgir, e tive pensamentos curiosos sobre a irremediável poluição daquele espaço. Talvez fossem os piores de todos os tipos de Innsmouth – algo de que ninguém gostaria de se lembrar.

O mau cheiro tornou-se insuportável, e os ruídos aumentaram de tal forma que mais pareciam uma babel bestial de coaxos, de ganidos e de latidos, sem a menor sugestão de fala humana. Eram essas, de fato, as vozes de meus perseguidores? Afinal, eles tinham cães? Até então, eu não tinha visto nenhum dos animais inferiores em Innsmouth. Aquele baque, ou pateado, era monstruoso – eu não conseguia olhar para as criaturas anormais responsáveis por isso. Manteria meus olhos fechados, até que o ruído se distanciasse em direção oeste. A horda encontrava-se muito perto, agora – o ar estava infectado com seus rosnados roucos e o chão, quase tremendo com o ritmo anormal de seus passos. Quase perdi a respiração, e concentrei toda a minha força de vontade na tarefa de manter os olhos fechados.

Ainda não me sinto capaz de dizer se o que se seguiu foi uma realidade abominável, ou apenas uma alucinação de pesadelo. A ação posterior do governo, depois de meus nervosos apelos, tenderia a confirmá-la como uma verdade monstruosa; mas não poderia uma alucinação ter se repetido, sob o feitiço quase hipnótico daquela cidade antiga, mal-assombrada e envolta em sombra? Esses lugares têm propriedades estranhas, e o legado de lendas insanas pode, muito bem, ter agido em mais de uma imaginação humana no meio daquelas ruas mortas e fedorentas e daqueles amontoados de telhados podres e de torres em ruínas. Não é possível que o germe de uma verdadeira loucura contagiosa se esconda nas profundezas dessa sombra sobre Innsmouth? Quem pode ter certeza da realidade, depois de ouvir coisas como a história do velho Zadok Allen? Os homens do governo nunca encontraram o pobre Zadok e não têm a mínima ideia do que pode ter lhe acontecido.

Onde termina a loucura e começa a realidade? É possível que até mesmo meu último medo seja pura ilusão?

Mas devo tentar contar o que pensei ter visto naquela noite, sob a zombeteira lua amarela – o que vi surgindo e saltando, pela estrada de Rowley, bem à minha frente, enquanto eu me agachava entre os arbustos daquele desolado terreno escavado do leito da ferrovia. É claro que minha resolução de manter os olhos fechados falhou. Estava fadada ao fracasso – pois quem poderia ficar agachado e sem olhar, enquanto uma legião de entidades de origem desconhecida passava ruidosamente, saltitando, coaxando e uivando, a pouco mais de 1 quilômetro de distância?

Achei que estava preparado para o pior, e realmente deveria estar preparado, considerando o que tinha visto antes.

Meus outros perseguidores eram amaldiçoadamente anormais – então, não deveria eu estar pronto para enfrentar um reforço do elemento anormal; olhar para formas nas quais não havia nenhuma mistura de normal? Não abri os olhos, até que o clamor estridente veio alto, de um ponto obviamente bem à frente. Então, compreendi que grande parte deles devia estar claramente à vista, onde as laterais do terreno escavado se achatavam e a estrada cruzava a ferrovia – e eu não pude mais me impedir de descobrir que horror ainda tinha para me mostrar aquela maliciosa lua amarela.

Era o fim, pelo que me resta da vida na superfície da terra, de todo vestígio de paz mental e confiança na integridade da natureza e da mente humana. Nada que eu pudesse ter imaginado – nada, mesmo que eu pudesse ter deduzido, se tivesse acreditado na história maluca do velho Zadok da maneira mais literal – seria, de forma alguma, comparável à realidade demoníaca e blasfema que vi.... Ou que achei ter visto. Tentei sugerir o que era, a fim de adiar o horror de descrevê-lo sem rodeios. Será possível que esse planeta tenha realmente gerado essas coisas; que olhos humanos tenham visto, de verdade, em carne e osso, o que o homem até então conhecia apenas em febris fantasias e indefinidas lendas?

E, ainda assim, eu os vi num fluxo interminável – batendo, saltitando, coaxando, balindo –, avançando como onda não humana sob o luar espectral, numa dança grotesca e maligna de fantástico pesadelo. E alguns deles tinham tiaras altas daquele inominável metal dourado e esbranquiçado... E alguns estavam vestidos de maneira estranha... E um, que ia à frente, trazia um manto preto, que lhe cobria a horripilante corcunda, e calças listradas, e trazia um chapéu de feltro empoleirado na coisa informe que respondia por uma cabeça.

Acho que sua cor predominante era um verde acinzentado, embora eles tivessem barrigas brancas. Pareciam brilhantes e escorregadios, mas as pregas de suas costas eram cobertas de escamas. A forma do corpo sugeria vagamente um antropoide, exceto a cabeça, que era de peixe, com prodigiosos olhos esbugalhados, que nunca se fechavam. Dos lados do pescoço, abriam-se guelras palpitantes, e suas patas compridas eram palmadas. Moviam-se aos saltos irregulares, às vezes com duas pernas e, às vezes, com quatro. Por alguma razão, fiquei contente por eles não terem mais que quatro membros. Sua voz coaxante e uivante, claramente usada para fala articulada, continha todos os tons sombrios de expressão que faltavam em seus semblantes.

Mas, apesar de toda a sua monstruosidade, eles não eram estranhos para mim. Eu sabia muito bem o que deviam ser – pois não continuava fresca a lembrança da tiara maligna de Newburyport? Eram os blasfemos peixes-sapos do abominável desenho... vivos e horríveis; e, enquanto os olhava, também soube do que aquele sacerdote corcunda de tiara, no porão escuro da igreja, me lembrava de modo apavorante. O número deles era incontável. Pareceu-me que havia enxames ilimitados deles, e, certamente, meu vislumbre momentâneo deve ter mostrado apenas uma fração mínima. Um instante depois, tudo foi apagado por um misericordioso desmaio; o primeiro que já tive.

V

Foi uma leve chuva, ao amanhecer, que me despertou do estupor no leito da ferrovia, coberto de arbustos; ao sair cambaleando para a rodovia mais à frente, não vi nenhuma marca de pegadas na lama fresca. O cheiro de peixe também tinha desaparecido; os telhados em ruínas e os altos campanários de Innsmouth surgiam, acinzentados, em direção do sudeste, mas não vi uma criatura viva em todos os pântanos salgados e desolados em derredor. Meu relógio continuava funcionando e me disse que já passava do meio-dia.

A realidade do que eu havia passado ainda era altamente incerta em minha mente, mas eu sentia que, no fundo, escondia-se algo abominável. Eu tinha de fugir de Innsmouth, envolta em sombras do mal – e, consequentemente, comecei a testar minhas limitadas e esgotadas forças de locomoção. Apesar da fraqueza, da fome, do horror e da perplexidade, depois de algum tempo, consegui andar; então, comecei a avançar, lentamente, ao longo da estrada lamacenta para Rowley. Antes da noite, eu estava na vila, onde fiz uma refeição e adquiri roupas apresentáveis. Tomei o trem noturno para Arkham e, no dia seguinte, conversei longa e seriamente com autoridades locais – procedimento que repeti, mais tarde, em Boston. O público já tem conhecimento do principal resultado dessas conversas – e eu gostaria, pelo bem da normalidade, que não houvesse mais nada a contar. Talvez seja loucura o que está se apoderando de mim – mas, talvez, esteja na iminência de acontecer um horror maior... ou um prodígio maior.

Como bem se pode imaginar, desisti da maioria de meus planos para o resto de minha viagem – a paisagem, a arquitetura e as antiguidades que eu tanto me prometera observar e estudar. Tampouco ousei procurar aquela joia estranha, que diziam estar no Museu da Universidade de Miskatonic. Melhorei, no entanto, minha estada em Arkham, ao coletar algumas notas genealógicas que há muito desejava possuir; dados muito toscos e precipitados, é verdade, mas que deverão ser de bom proveito, mais tarde, quando eu tiver tempo para agrupá-los e codificá-los. O curador da sociedade histórica de lá – o sr. B. Lapham Peabody – foi muito cortês ao me ajudar, e expressou interesse incomum quando lhe disse que era neto de Eliza Orne, de Arkham, que nascera em 1867 e que se casou com James Williamson, de Ohio, aos 17 anos.

Havia conversas de que um tio meu materno tinha estado lá muitos anos antes, numa pesquisa muito parecida com a minha; e que a família de minha avó era assunto de certa curiosidade local. Houvera, disse o sr. Peabody, muitos mexericos sobre o casamento do pai dela, Benjamin Orne, logo depois da Guerra Civil, visto que a noiva tinha uma ascendência singularmente intrigante. Essa noiva era considerada uma órfã dos Marshs, de New Hampshire – prima dos Marshs, do Condado de Essex –, mas tinha recebido refinada educação na França, e ela sabia muito pouco sobre sua família. Um tutor havia depositado fundos, num banco de Boston, para mantê-la, junto com sua governanta francesa; mas o nome desse tutor não era conhecido dos moradores de Arkham, e, com o tempo, ele sumiu de vista, de modo que a governanta assumiu a função dele, por indicação do tribunal. A francesa – falecida há muito tempo – era muito fechada, e houve quem dissesse que ela poderia ter contado mais do que contou.

Mas o mais desconcertante era a incapacidade de alguém de conseguir localizar os registros dos pais da jovem – Enoch e Lydia (Meserve) Marsh – entre as famílias conhecidas de New Hampshire. Possivelmente, muitos sugeriam, ela devia ser filha natural de algum Marsh importante – ela certamente tinha os verdadeiros olhos dos Marshs. A maior parte da charada acabou depois da morte prematura dela, que ocorreu no nascimento de minha avó – sua única filha. Depois de ter formado algumas impressões desagradáveis relacionadas com o nome Marsh, não recebi de bom grado a notícia de que ele pertence à minha própria árvore genealógica; nem me agradou a sugestão do sr. Peabody de que eu também tinha os verdadeiros olhos dos Marshs. Fiquei grato, no entanto, pelas informações, que sabia que me seriam valiosas; tomei notas abundantes e compilei listas de referências de livros sobre a bem documentada família Orne.

Viajei diretamente de Boston para minha cidade, Toledo, e, depois, passei um mês em Maumee, recuperando-me de meu tormento. Em setembro, voltei a Oberlin, para meu último ano na universidade, e, a partir de então, até o mês de junho seguinte, passei a me dedicar aos estudos e a outras atividades saudáveis – lembrando-me do terror passado apenas em ocasionais visitas oficiais de homens do governo, relacionadas com a campanha que meus apelos e evidências tinham provocado. Em meados de julho – exatamente um ano após a experiência de Innsmouth –, passei uma semana com a família de minha falecida mãe, em Cleveland, verificando alguns de meus novos dados genealógicos com as várias notas, tradições e peças de material de herança ali existentes, para ver que tipo de mapa coerente eu poderia elaborar.

Não é que eu tenha realmente gostado dessa tarefa, pois a atmosfera da casa dos Williamsons sempre me deprimiu. Havia certa morbidez ali, e minha mãe nunca me encorajou a visitar os pais dela quando criança, embora ela sempre acolhesse com prazer o pai quando ele vinha para Toledo. Minha avó, nascida em Arkham, me parecia estranha e quase assustadora, e não acho que eu tenha sentido muito quando ela faleceu. Eu tinha 8 anos na época, e dizia-se que ela havia morrido de tristeza e pesar, depois do suicídio de meu tio Douglas, filho mais velho dela. Ele havia se matado com um tiro, depois de uma viagem à Nova Inglaterra – a mesma viagem, sem dúvida, que fizera com que fosse lembrado na Sociedade Histórica de Arkham.

Esse tio parecia-se com ela, e eu jamais tinha chegado a gostar dele. Algo na expressão dos olhos de ambos, que não piscavam, causava-me uma vaga e inexplicável inquietação. Minha mãe e o tio Walter não eram assim. Eles se pareciam com o pai, embora o pobre primo Lawrence – filho de Walter – fosse quase uma réplica perfeita da avó, antes que sua condição mental o levasse à reclusão permanente num sanatório, em Canton. Fazia quatro anos que eu não o via, mas meu tio, uma vez, deu-me a entender que seu estado, tanto mental quanto físico, era péssimo. Essa angústia deve ter sido, provavelmente, a principal causa da morte de sua mãe, dois anos antes.

Toda a família de Cleveland era composta, agora, de meu avô e do filho viúvo, Walter, mas a lembrança dos velhos tempos pairava, opressivamente, sobre ela. Eu continuava a não gostar do lugar, e tentei fazer minhas pesquisas o mais rápido possível. Os registros e as tradições dos Williams me foram fornecidos em abundância por meu avô; embora, para o material da família Orne, eu dependesse de meu tio Walter, que pôs à minha disposição o conteúdo de todos os seus arquivos, incluindo anotações, cartas, recortes, relíquias de família, fotografias e miniaturas.

Foi ao examinar as cartas e retratos dos membros da linha familiar dos Orne que passei a adquirir uma espécie de terror de minha própria ascendência. Como já disse, minha avó e meu tio Douglas sempre me perturbaram. Agora, anos após a morte de ambos, eu olhava seus rostos nos retratos com uma elevada sensação de repulsa e de estranhamento. A princípio, não consegui entender a mudança, mas, aos poucos, um tipo horrível de comparação começou a invadir meu inconsciente, apesar da persistente recusa de minha consciência em admitir até mesmo a menor suspeita disso. Ficou claro que a expressão típica desses rostos sugeria, agora, algo que não havia sugerido antes – algo que haveria de provocar incontrolável pânico, se se pensasse nela com toda a franqueza.

Mas o pior choque veio quando meu tio me mostrou as joias dos Ornes, guardadas num cofre bancário, no centro da cidade. Algumas peças eram bem delicadas e inspiradoras, mas havia uma caixa com estranhas peças antigas, que haviam pertencido à minha misteriosa bisavó, e que meu tio ficou um tanto resistente em mostrar. Eram, dizia ele, de um desenho muito grotesco e quase repulsivo e, pelo que sabia, jamais tinham sido usadas em público, embora minha avó gostasse de admirá-las. Lendas vagas de má sorte surgiram em torno delas, e a governanta francesa de minha bisavó dizia que não deveriam ser usadas na Nova Inglaterra, embora fosse bastante seguro usá-las na Europa.

Quando meu tio começou, lenta e relutantemente, a desembrulhar as coisas, insistiu para que eu não ficasse chocado com a estranheza e a frequente repugnância dos desenhos. Artistas e arqueólogos, que as tinham visto, declararam que eram obra de requinte insuperável e exótico, embora nenhum deles soubesse definir seu material exato nem conectá-las a alguma tradição artística específica. Havia dois braceletes, uma tiara e uma espécie de peitoral; este possuía certas figuras, em alto relevo, de uma extravagância quase insuportável.

Durante essa descrição, eu tinha conseguido manter minhas emoções sob rígido controle, mas meu rosto deve ter traído meus temores crescentes. Meu tio pareceu preocupado, e parou de desembrulhar para examinar meu semblante. Fiz sinal para que continuasse, o que ele fez com renovados sinais de hesitação. Parecia esperar alguma demonstração quando a primeira peça – a tiara – se tornou visível, mas duvido que ele esperasse o que, de fato, veio a acontecer. Eu também não esperava, pois achei que estava totalmente prevenido sobre o que poderiam ser essas joias. O que fiz foi desmaiar em silêncio, exatamente como fizera um ano antes, naquele trecho de ferrovia coberto de sarças e arbustos.

Daquele dia em diante, minha vida tem sido um pesadelo de reflexões e de apreensão, sem saber quanto de tudo isso representa a terrível verdade ou a loucura. Minha bisavó tinha sido uma Marsh de origem desconhecida, cujo marido vivia em Arkham – e não disse o velho Zadok que a filha de Obed Marsh, nascida de uma mãe monstruosa, havia se casado com um homem de Arkham por meio de um truque? O que foi que o velho beberrão havia murmurado sobre a semelhança de meus olhos com os do capitão Obed? Em Arkham, também, o curador havia me dito que eu tinha os verdadeiros olhos dos Marshs. Será que Obed Marsh era meu tataravô? Quem – ou o quê –, então, era minha tataravó? Mas, talvez, tudo isso fosse pura loucura. Aqueles ornamentos de ouro esbranquiçado poderiam ter sido facilmente comprados de algum marinheiro de Innsmouth pelo pai de minha bisavó, fosse ele quem fosse. E aquele olhar fixo nos rostos de minha avó e de meu tio suicida, talvez, não passasse de pura fantasia de minha parte – pura fantasia, reforçada pelas sombras de Innsmouth que tinham preenchido tão obscuramente minha imaginação. Mas por que meu tio havia se suicidado depois de uma pesquisa sobre os ancestrais, na Nova Inglaterra?

Por mais de dois anos, lutei contra essas reflexões, com sucesso parcial. Meu pai conseguiu para mim um emprego numa companhia de seguros, e eu me enterrei na rotina o mais profundamente possível. No inverno de 1930-1931, contudo, começaram os sonhos. No início, eles eram eventuais e traiçoeiros, mas aumentaram em frequência e intensidade com o passar das semanas. Grandes espaços aquáticos abriam-se diante de mim, e eu parecia vagar por pórticos titânicos e labirintos submersos de paredes ciclópicas, cobertas de ervas daninhas com peixes grotescos como meus companheiros. Em seguida, as outras formas começaram a aparecer, enchendo-me de um horror inominável no momento em que eu acordava. Mas, durante os sonhos, elas não me horrorizavam de modo algum – eu era uma delas, usava os mesmos ornamentos não humanos, trilhava seus caminhos aquáticos e orava, monstruosamente, em seus templos malignos do fundo do mar.

Havia muito mais do que eu conseguia lembrar, mas mesmo o que eu lembrava, todas as manhãs, seria o suficiente para me classificar como um louco ou um gênio, se eu ousasse escrevê-lo. Alguma influência terrível, eu sentia, tentava, gradualmente, arrastar-me para fora do mundo normal de vida saudável para abismos inomináveis de escuridão e de alienação; e o processo me consumia. Minha saúde e aparência pioravam cada vez mais, até que, finalmente, fui forçado a desistir de meu emprego e adotar a vida paralisada e isolada de um inválido. Alguma estranha aflição nervosa me dominava, e, às vezes, eu quase não conseguia fechar os olhos.

Foi então que comecei a examinar-me diante do espelho, com crescente assombro. Não é nada agradável assistir à lenta devastação da doença, mas, em meu caso, havia, no fundo, algo mais sutil e mais intrigante. Meu pai parecia notar também, pois começou a me olhar de maneira curiosa e quase com medo. O que estava acontecendo comigo? Será que eu estava me parecendo com minha avó e com o tio Douglas?

Certa noite, tive um sonho pavoroso, em que encontrei minha avó no fundo do mar. Ela morava num palácio fosforescente, de muitos terraços, com jardins de estranhos corais leprosos e grotescas florescências, e me acolheu com uma cordialidade que podia parecer irônica. Ela havia mudado – como mudam aqueles que vão para a água – e me disse que não havia morrido. Em vez disso, tinha ido para um lugar, do qual seu filho morto tomara conhecimento, e tinha saltado para um reino cujas maravilhas – destinadas a Douglas também – ele havia rejeitado com uma pistola fumegante. Esse deveria ser meu reino também – do qual não poderia escapar. Eu nunca morreria, mas viveria com aqueles que viveram desde muito antes de o homem caminhar sobre a terra.

Encontrei, também, aquela que tinha sido sua avó. Por 80 mil anos, Pth'thya-l'yi tinha vivido em Y'ha-nthlei, e para lá ela havia voltado depois da morte de Obed Marsh. Y'ha-nthlei não foi destruída quando os homens da superfície da terra jogaram explosivos mortais no mar. Ficou ferida, mas não destruída. Os Seres Abissais nunca poderiam ser destruídos, embora a magia paleogênea dos Antigos esquecidos pudesse, às vezes, detê-los. Por enquanto, eles descansavam; mas, algum dia, se eles se lembrassem, levantariam-se, novamente, para o tributo que o Grande Cthulhu[12] desejava. Seria uma cidade maior que Innsmouth, da próxima vez. Haviam planejado se espalhar, e haviam criado aquilo que os ajudaria, mas agora deveriam esperar mais uma vez. Por ter levado a morte aos homens da terra superior, eu deveria fazer uma penitência, mas não seria pesada. Esse foi o sonho em que vi um *shoggoth* pela

---

12 Entidade cósmica fictícia, criada pelo autor, de tipo humanoide, com aspectos que remetem a um polvo e a um dragão (N.T.).

primeira vez, e a visão me despertou, numa agitação de gritos. Naquela manhã, o espelho me informou, definitivamente, que eu tinha adquirido o visual de Innsmouth.

Até agora, não me matei, como meu tio Douglas. Comprei uma pistola automática e quase dei o passo, mas certos sonhos me impediram. Os tensos extremos de horror estão diminuindo, e eu me sinto estranhamente atraído para as desconhecidas profundezas do mar, em vez de temê-las. Ouço e faço coisas estranhas durante o sono, e acordo com uma espécie de exaltação, em vez de terror. Não creio que tenha de esperar pela transformação completa, como a maioria. Se o fizesse, meu pai, provavelmente, me trancaria num sanatório, como aconteceu com meu pobre priminho. Esplendores magníficos e inéditos me aguardam abaixo, e irei procurá-los em breve. *Ia-R'lyehl Cihuiha flgagnl id Ia!* Não, não vou me matar – não posso ser levado a me matar!

Vou planejar a fuga de meu primo daquele hospício de Canton e, juntos, iremos para a fascinante Innsmouth. Vamos nadar até aquele misterioso recife no mar, e vamos mergulhar através dos negros abismos, até a ciclópica Y'ha-nthlei de muitas colunas, e vamos viver naquele refúgio dos Seres Abissais, entre maravilhas e glória, para sempre.

A COR QUE VEIO DO ESPAÇO

A oeste de Arkham, as colinas se erguem selvagens e há vales com densos bosques, que nenhum machado jamais cortou. Existem vales estreitos e escuros em que as árvores se inclinam fantasticamente e em que pequenos riachos escorrem sem nunca terem refletido o brilho da luz do sol. Nas suaves encostas, há fazendas, antigas e pedregosas, com casas atarracadas, cobertas de musgo, que meditam eternamente sobre os segredos da Nova Inglaterra, protegidas do vento por grandes saliências rochosas; mas, agora, todas elas estão desabitadas, as amplas chaminés desmoronando e os lados cobertos de tabuinhas arqueando-se perigosamente sob os baixos telhados de duas águas.

Os velhos habitantes se foram, e os estrangeiros não gostam de morar ali. Os franco-canadenses tentaram, os italianos tentaram e os poloneses vieram e partiram. Não é por causa de algo que pode ser visto, ouvido ou tocado, mas por causa de algo que é imaginado. O lugar não é bom para a imaginação e não traz sonhos repousantes à noite. Deve ser isso que mantém os estrangeiros afastados, pois o velho Ammi Pierce nunca lhes contou nada do que se lembra daqueles dias estranhos. Ammi, cuja cabeça já não regula muito bem há anos, é o único que ainda resta ou que ainda fala daqueles dias estranhos; e ele se atreve a fazê-lo porque sua casa fica muito perto dos campos abertos e dos caminhos que continuam sendo percorridas nas cercanias de Arkham.

Antigamente, havia uma estrada que cruzava as colinas e os vales, levando diretamente ao local onde agora se estende o pântano ressequido; mas as pessoas deixaram de usá-la, e uma nova via foi construída, fazendo uma curva bem distante, ao sul. Traços da antiga ainda podem ser encontrados em meio a ervas daninhas de um deserto que se amplia, e alguns deles, sem dúvida, permanecerão, mesmo quando metade dos baixios for inundada pelo novo reservatório. Então, a floresta escura será abatida e o pântano ressequido adormecerá bem abaixo das águas azuis, cuja superfície espelhará o céu e ondulará ao sol. E os segredos dos dias estranhos se confundirão com os segredos das profundezas, com a tradição oculta do velho oceano e com o mistério impenetrável da terra primitiva.

Quando percorri as colinas e os vales para mapear a área para o novo reservatório, me falaram que o lugar era maligno. Disseram-me isso em Arkham, e, por ser uma cidade muito antiga, cheia de lendas de bruxas, pensei que a malignidade devia ser algo que as vovós vinham sussurrando às crianças ao longo dos séculos. A denominação "pântano ressequido" me parecia muito estranho e teatral, e eu me perguntava como isso havia entrado no folclore de um povo puritano. Então, eu mesmo vi aquele emaranhado escuro de vales e encostas que se estendiam para oeste, e parei de me admirar com qualquer coisa que não fosse seu próprio antigo mistério. Era de manhã quando o vi, mas sempre havia sombras espreitando por lá. As árvores cresciam excessivamente aglomeradas, e seus troncos eram muito grandes para qualquer bosque saudável da Nova Inglaterra. Havia um grande silêncio nas trilhas sombrias que cortavam esses bosques, e o chão era muito macio, com o musgo úmido e o intrincado ervaçal de intermináveis anos de deterioração.

Nos espaços abertos, principalmente ao longo da linha da estrada velha, havia pequenas fazendas nas encostas – às vezes, com todas as construções de pé; às vezes, com apenas uma ou duas; e, às vezes, com apenas uma chaminé solitária ou um porão cheio de entulho. Ervas daninhas e arbustos espinhentos imperavam, e furtivas coisas selvagens sussurravam na vegetação rasteira. Acima de tudo, pairava uma névoa de inquietação e opressão; um toque de irreal e grotesco, como se algum elemento vital de perspectiva ou de claro-escuro estivesse deslocado. Não me surpreendi que os estrangeiros não se atrevessem a ficar, pois aquela não era uma região para repousar tranquilamente. Parecia-se demais com uma paisagem de Salvatore Rosa[13]; muito parecida com uma xilogravura proibida de um conto de terror.

Mas, mesmo tudo aquilo não era tão ruim quanto o pântano ressequido. Passei a entender isso no momento em que o vi de perto, no fundo de um espaçoso vale, pois nenhum outro nome poderia se adequar a essa coisa, nem qualquer outra coisa poderia se adequar a esse nome. Era como se o poeta tivesse cunhado a frase por ter visto essa região peculiar. Devia ser, pensei enquanto o via, o resultado de um incêndio; mas por que nada mais de novo tinha crescido nesses 5 acres de desolação cinzenta, que se esparramavam a céu aberto como uma grande mancha corroída por ácidos nos bosques e campos? Ele ficava, em sua maior parte, ao norte da linha da estrada velha, mas também invadia um pouco o outro lado.

---

13 Salvatore Rosa (1615-1673), pintor italiano, heterodoxo e extravagante, notabilizou-se por suas paisagens marinhas ou de praias irregulares, de montanhas e cavernas, geralmente assustadoras. Mas tinha predileção também por temas esotéricos e de feitiçaria (N.T.).

H.P. LOVECRAFT

Senti uma estranha relutância ao me aproximar, e fiz isso, finalmente, apenas porque minha incumbência me obrigava a atravessá-lo. Não havia vegetação de espécie alguma naquela vasta extensão, mas apenas uma fina poeira cinzenta, ou cinza, que vento nenhum parecia conseguir levantar. As árvores próximas eram doentias e atrofiadas, e muitos troncos mortos estavam de pé ou apodrecendo na borda. Ao passar, apressado, vi as pedras e os tijolos tombados de uma velha chaminé e de um porão à minha direita, e a boca negra e escancarada de um poço abandonado, cujos vapores estagnados produziam estranhos efeitos ilusórios com as tonalidades da luz do sol. Mesmo a longa subida através do matagal escuro, mais além, me parecia atraente em comparação com esse espaço, e deixei de ficar maravilhado com os rumores amedrontados do povo de Arkham. Não havia nenhuma casa nem ruínas por perto; mesmo nos velhos tempos, o lugar devia ter sido solitário e abandonado. E, ao anoitecer, com medo de repassar por aquele local sinistro, retornei à cidade, dando uma longa volta pela curiosa estrada ao sul. E senti um vago desejo de que algumas nuvens se acumulassem, pois uma estranha timidez diante da infinita profundidade do espaço sideral acima havia se infiltrado em minha alma.

À noite, perguntei aos idosos de Arkham a respeito do pântano esturricado e o que significava aquela expressão "dias estranhos", que tantos murmuravam de forma evasiva. Não consegui, no entanto, obter nenhuma boa resposta, exceto que todo o mistério era muito mais recente do que eu havia imaginado. Não se tratava de lenda antiga, mas de algo que havia ocorrido ainda durante a vida daqueles que falavam. Acontecera na década de 80, e uma família tinha desaparecido ou fora morta. Nenhum de meus informantes foi preciso; e, como todos me diziam que não desse atenção às histórias malucas do velho Ammi Pierce, fui procurá-lo na manhã seguinte, depois de ter ouvido falar que ele vivia sozinho numa cabana velha e bamba, no local onde a mata começa a ficar mais fechada. Era um lugar assustadoramente decadente, e tinha começado a exalar um leve odor pestilento

que penetra nas casas muito velhas. Foi só com batidas persistentes que consegui acordar o idoso, e, quando ele veio, timidamente, arrastando os pés até a porta, percebi que não ficou muito satisfeito em me ver. Não era tão fraco quanto eu esperava; mas seus olhos se abaixaram de forma curiosa, e suas roupas desalinhadas e a barba branca lhe conferiam o aspecto de homem abatido e soturno.

Sem saber exatamente qual a melhor maneira de levá-lo a contar suas histórias, fingi que tinha vindo a negócios; contei-lhe sobre meu trabalho de mapeamento da área e fiz perguntas vagas sobre o distrito. O homem era muito mais inteligente e culto do que eu havia pensado, e, em brevíssimo tempo, ele havia compreendido o assunto tanto quanto qualquer um com quem eu tinha conversado em Arkham. Não era como outros rudes aldeões que eu chegara a conhecer em outros locais em que deveriam ser construídos reservatórios. Não externou nenhum protesto contra a extensa área de velhas matas e de terras cultiváveis que deveria ser inundada, embora talvez não protestasse porque sua casa ficava fora dos limites do futuro lago. Alívio era tudo o que ele mostrava; alívio com o destino dos antigos e sombrios vales pelos quais havia vagado durante toda a vida. Ficavam melhor agora, debaixo d'água – melhor debaixo d'água, desde os dias estranhos. E, com essa abertura, sua voz rouca se retraiu, enquanto seu corpo se inclinava para a frente, e seu dedo indicador direito passou a apontar, de modo trêmulo e impressionante.

Foi então que ouvi a história, e, enquanto sua voz titubeante murmurava e sussurrava, passei a estremecer sem parar, apesar do dia de verão. Muitas vezes, tive de interromper as divagações do informante, explicar pontos científicos, que ele conhecia apenas por uma memória falha de papagaio que repete a fala dos professores, ou preencher lacunas, quando seu senso de lógica e continuidade fraquejava. Quando ele terminou, não me surpreendi que sua mente tivesse ficado um tanto abalada nem que as pessoas de Arkham não gostassem muito de falar do pântano esturricado. Voltei para o hotel apressadamente, antes do pôr do sol, pois não queria ver as estrelas surgindo acima de mim, ao ar livre; e, no dia seguinte, voltei a Boston para renunciar ao meu cargo. Eu não poderia entrar novamente naquele caos sombrio de velhas florestas e encostas, nem encarar outra vez aquele pântano ressequido e cinzento, cujo poço negro abria sua boca escura ao lado de pedras e tijolos desmoronados. O reservatório logo será construído, e todos aqueles segredos mais antigos estarão a salvo para sempre na profundeza das águas. Mas, mesmo assim, não acredito que gostaria de visitar essa região à noite – pelo menos não quando as estrelas sinistras estiverem cintilando; e nada me levaria a beber da nova água da cidade de Arkham.

Tudo começou, disse o velho Ammi, com o meteorito. Antes dessa época, não havia nenhuma lenda extraordinária, desde o período dos julgamentos das bruxas, e, mesmo então, esses bosques do oeste não eram tão temidos quanto a pequena ilha do Miskatonic, onde o diabo mantinha sua corte ao lado de um curioso altar solitário, mais antigo que os índios. Aqueles não eram bosques mal-assombrados, e seu fantástico anoitecer nunca fora terrível até os dias estranhos. Então, veio aquela nuvem branca do meio-dia, aquela cadeia de explosões no ar e aquela coluna de fumaça que subia do vale e penetrava na floresta. E, à noite, todos os habitantes de Arkham já tinham ouvido falar da grande rocha que caíra do céu e fora se afundar no solo, ao lado do poço da casa de Nahum Gardner. Tratava-se da casa da qual, depois, se alastraria o pântano esturricado – a casa branca e em bom estado de Nahum Gardner, cercada de férteis jardins e pomares.

Nahum tinha vindo até a cidade para contar às pessoas sobre a pedra e, no caminho, parou na casa de Ammi Pierce. Ammi tinha, então, 40 anos, e todas essas coisas estranhas ficaram permanentemente gravadas em sua memória. Ele e a esposa tinham ido até o local com os três professores da Universidade de Miskatonic, que na manhã seguinte saíram apressadamente para ver o estranho visitante de um desconhecido espaço sideral, e se perguntaram por que Nahum o havia descrito como algo grande, no dia anterior. Tinha encolhido, disse Nahum, apontando para o grande monte marrom acima da terra fendida e da grama carbonizada perto da arcaica cegonha do poço, no jardim da frente; mas os eruditos homens retrucaram que as pedras não encolhem. O calor dessa rocha persistia, e Nahum declarou que ela brilhava ligeiramente durante a noite. Os professores bateram nela com um martelo de geólogo e descobriram que era estranhamente macia. Na verdade, era tão macia que parecia quase de plástico; e eles arrancaram um pedaço, em vez de parti-la em lascas, e o levaram à universidade para testes. Colocaram-no num balde velho retirado da cozinha de Nahum, pois até mesmo o pequeno pedaço se recusava a esfriar. No caminho de volta, pararam na casa de Ammi para descansar e ficaram pensativos quando a sra. Pierce comentou que o fragmento estava ficando menor e queimando o fundo do balde. Na verdade, não era grande, mas talvez tivessem levado menos do que pensavam.

No dia seguinte – tudo isso aconteceu em junho de 1882 –, os professores dirigiram-se novamente para o local, visivelmente agitados. Ao passarem pela casa de Ammi, contaram-lhe as coisas estranhas que o fragmento da rocha havia feito, e como ele havia desaparecido totalmente ao ser posto num recipiente de vidro.

O recipiente também havia sumido, e os sábios homens falaram da afinidade da estranha pedra com o silício. O fragmento havia agido de maneira bastante inacreditável naquele laboratório bem organizado; não mostrara nenhum tipo de reação, não havia liberado gases obstruídos quando aquecido no carvão, não deixara transparecer nenhuma reação ao bórax; e logo se constatou que não apresentava nenhuma volatilidade, sob qualquer temperatura a que fosse submetido, incluindo a do maçarico de oxi-hidrogênio. Na bigorna, parecia altamente maleável e, no escuro, sua luminosidade era bem acentuada. Recusando-se obstinadamente a esfriar, logo deixou toda a faculdade num um estado de verdadeiro alvoroço; e, ao ser aquecido diante do espectroscópio, exibiu faixas brilhantes, diferentes de todas as cores conhecidas do espectro normal. Houve exaustivas conversas sobre novos elementos, propriedades ópticas bizarras e outras coisas que intrigados homens de ciência costumam dizer quando confrontados com o desconhecido.

Quente como estava, o fragmento foi testado num cadinho com todos os reagentes adequados. A água não o alterou. Nem o ácido hidroclorídrico. O ácido nítrico e até mesmo a água-régia apenas sibilaram e respingaram contra sua tórrida invulnerabilidade. Ammi teve dificuldade em se lembrar de todas essas coisas, mas reconheceu alguns solventes quando eu os mencionei na ordem habitual de uso. Havia amônia e soda cáustica, álcool e éter, o nauseante dissulfeto de carbono e uma dúzia de outros; mas, embora o peso diminuísse gradativamente com o passar do tempo e o fragmento parecesse esfriar ligeiramente, não se percebia nenhuma mudança nos solventes para mostrar que estes haviam atacado a substância. Era um metal, porém, sem sombra de dúvida. Além do mais, era magnético; e, depois de sua imersão nos solventes ácidos, parecia haver leves traços das figuras de

Widmanstätten[14] encontradas em ferro meteórico. Quando o resfriamento aumentou de forma considerável, o teste foi realizado em vidro; e foi num recipiente de vidro que foram deixadas todas as lascas do fragmento original durante o trabalho. Na manhã seguinte, as lascas e o recipiente haviam desaparecido, sem deixar vestígios, e apenas uma mancha carbonizada marcava o lugar na prateleira de madeira em que tinham sido colocados.

Tudo isso os professores contaram a Ammi quando pararam à porta de sua casa, e, mais uma vez, ele os acompanhou até o local para ver o mensageiro de pedra das estrelas, embora, dessa vez, a esposa não tivesse ido junto. Agora, certamente, a rocha havia encolhido, e mesmo os cautelosos professores não podiam duvidar da verdade do que viam. Ao redor do montículo marrom, perto do poço, havia um espaço vazio, exceto onde a terra havia desabado; e, embora tivesse medido uns bons 2 metros de diâmetro no dia anterior, agora mal tinha 1,5 metro. Ainda estava quente, e os sábios estudaram sua superfície com curiosidade, enquanto destacavam outra peça maior com martelo e talhadeira. Dessa vez, cavaram profundamente e, à medida que retiravam a massa menor, viram que o núcleo dessa coisa não era totalmente homogêneo.

Eles haviam posto a descoberto o que parecia ser o lado de um grande glóbulo colorido incrustado na substância. A cor, que se assemelhava a algumas das faixas do estranho espectro do meteoro, era quase impossível de descrever; e foi apenas por analogia que a chamaram de cor. Sua textura era lustrosa e, ao bater de leve nele,

---

14 Também chamadas *padrões Widmanstätten* ou *estruturas de Thomson*, são figuras de cristais de níquel e ferro encontradas em meteoritos, visíveis quando submetidas ao calor, ao esfriamento ou a tratamento com determinados ácidos. A denominação foi dada, em 1808, em homenagem ao conde Alois von Beckh Widmanstätten (1754-1849), mineralogista austríaco e diretor das obras de porcelana imperial de Viena; mas, hoje, acredita-se que a descoberta desses padrões ou figuras teria sido obra do mineralogista inglês William Thomson (1760-1806), e por isso são chamadas de estruturas de Thomson (N.T.)

parecia ser tanto frágil quanto oco. Um dos professores deu-lhe uma pancada mais forte com um martelo, e o glóbulo explodiu, com um pequeno estalo nervoso. Nada foi emitido, e todos os vestígios da coisa desapareceram com a perfuração. Deixou para trás um espaço esférico oco, com cerca de 8 centímetros de diâmetro, e todos pensaram que outros glóbulos seriam descobertos à medida que a substância envolvente se dissipasse.

Qualquer conjetura era inútil; então, após uma fútil tentativa de encontrar outros glóbulos por meio de perfuração, os pesquisadores partiram com seu novo fragmento, que no laboratório se revelou tão inconclusivo como o anterior. Além de ser quase plástico, ter calor, magnetismo e leve luminosidade, resfriando ligeiramente em ácidos poderosos, possuindo um espectro desconhecido, definhando no ar e atacando compostos de silício com destruição mútua como resultado, não apresentava nenhuma característica de identificação; e, no fim dos testes, os cientistas da faculdade foram forçados a reconhecer que não podiam lhe conferir uma classificação. Não era nada desta terra, mas um pedaço do imenso mundo exterior; e, como tal, dotado de propriedades de outros mundos e obediente a outras leis.

Naquela noite, houve uma tempestade, e, quando os professores foram à casa de Nahum, no dia seguinte, tiveram uma amarga decepção. A pedra, por magnética que tivesse sido, devia ter tido alguma propriedade elétrica peculiar, pois havia "atraído o relâmpago", como disse Nahum, com singular persistência Seis vezes, no espaço de uma hora, o fazendeiro viu um raio atingir a vala do pátio da frente, e, quando a tempestade passou, nada restou além de um fosso irregular perto da antiga cegonha do poço, parcialmente soterrada.

Escavações feitas não resultaram em nada, e os cientistas constataram o desaparecimento total da rocha. O fracasso foi completo, de modo que nada mais restou senão voltar ao laboratório e testar novamente o fragmento que se extinguia, deixado cuidadosamente envolto em chumbo. Esse fragmento durou uma semana, ao fim da qual nada de valor havia sido descoberto sobre ele. Quando ele se consumiu, nenhum resíduo foi deixado para trás, e, com o tempo, os professores quase não tinham mais certeza de terem visto, com os próprios olhos despertos, aquele vestígio enigmático dos insondáveis abismos do espaço, aquela mensagem solitária e estranha de outros universos e de outros reinos de matéria, força e entidade.

Como era natural, os jornais de Arkham deram grande importância ao incidente, com seu patrocínio universitário, e enviaram repórteres para entrevistar Nahum Gardner e família. Pelo menos um diário de Boston também enviou um jornalista, e Nahum, rapidamente, se tornou uma espécie de celebridade local. Era um homem magro e expansivo, de cerca de 50 anos, e vivia com sua esposa e três filhos na agradável fazenda no vale. Ele e Ammi trocavam visitas com frequência, assim como suas esposas; e Ammi não tinha nada além de elogios para Nahum depois de todos esses anos. O fazendeiro parecia ligeiramente orgulhoso pela atenção que sua casa havia despertado e, nas semanas seguintes, passou a falar muitas vezes do meteorito. Os meses de julho e agosto daquele ano foram quentes; e Nahum trabalhou duro, ceifando feno no campo de 10 acres às margens do riacho Chapman; sua carroça barulhenta abria sulcos profundos nas sombrias trilhas que contornavam o campo. O trabalho cansou-o mais que em outros anos, e ele sentiu que a idade já começava a mostrar seus efeitos.

Então, chegou a época das frutas e da colheita. As peras e as maçãs amadureceram, lentamente, e Nahum jurou que seus pomares estavam prosperando como nunca. As frutas atingiam tamanhos fenomenais e tinham um brilho incomum; e eram tão abundantes que barris extras foram encomendados para a futura safra. Mas, com o amadurecimento, veio a dolorosa decepção, pois, de toda aquela magnífica variedade de magníficas frutas, não havia um único pedaço sequer que pudesse ser comido. No delicado sabor das peras e das maçãs, havia penetrado uma furtiva amargura e insalubridade, de modo que mesmo as menores mordidas causavam duradoura náusea. Aconteceu o mesmo com os melões e os tomates, e Nahum, com tristeza, viu que toda a sua colheita havia sido perdida. Ligando rapidamente os eventos, declarou que o meteorito tinha envenenado o solo e agradeceu aos céus que a maioria das outras plantações estava nas terras mais ao alto, ao longo da estrada.

O inverno chegou cedo e foi rigoroso. Ammi via Nahum com menos frequência que o normal e percebeu que ele tinha começado a ficar apreensivo. O resto de sua família também parecia mostrar-se triste; e cada vez menos iam à igreja ou participavam dos vários eventos sociais da região. Para essa reserva ou melancolia, não havia nenhuma causa possível, embora, de vez em quando, toda a família se queixasse da piora na saúde e de uma sensação de vaga inquietação. O próprio Nahum pronunciou-se de forma mais precisa que qualquer um ao se referir a certas pegadas na neve, que o deixavam seriamente perturbado. Eram as pegadas de inverno usuais de esquilos vermelhos, coelhos brancos e raposas, mas o preocupado fazendeiro afirmava ver algo que não era muito correto quanto a sua natureza e seu formato. Nunca foi muito específico, mas parecia pensar que elas não eram tão características da anatomia e dos hábitos de esquilos, coelhos e raposas quanto deveriam ser. Ammi ouvia essa conversa sem muito interesse, até que passou de trenó, certa noite, pela casa de Nahum, a caminho de volta de Clark's Corner. Havia um belo clarão da lua, e um coelho atravessou correndo a estrada, e os saltos desse animal eram mais longos do que Ammi estava acostumado a ver. Até o cavalo se assustou, e por pouco não saiu em disparada, não tivesse Ammi puxado as rédeas com firmeza. A partir de então, Ammi passou a ouvir as histórias de Nahum com mais respeito, e se perguntava até por que os cães dos Gardner pareciam tão intimidados e trêmulos todas as manhãs. Eles haviam, como se constatou, quase perdido o ânimo para latir.

Em fevereiro, os rapazes McGregor, de Meadow Hill, estavam caçando marmotas e, não muito longe da propriedade dos Gardner, abateram um espécime muito peculiar. As proporções de seu corpo pareciam ligeiramente alteradas, de uma forma estranha e impossível de descrever, enquanto seu focinho assumira uma expressão que ninguém jamais vira numa marmota antes. Os rapazes ficaram muito assustados e jogaram fora imediatamente essa coisa, de modo que apenas suas histórias grotescas chegaram aos ouvidos dos habitantes da região. Mas o medo dos cavalos, ao passar perto da casa de Nahum, agora havia se tornado algo conhecido, e toda a base para um ciclo de lendas sussurradas estava rapidamente tomando forma.

Algumas pessoas juravam que a neve derretia mais depressa em torno da casa de Nahum do que em qualquer outro lugar; e, no início de março, houve uma acalorada e apavorada discussão no armazém geral de Potter, em Clark's Corners. Stephen Rice tinha passado pela casa dos Gardner pela manhã e notara aráceas despontando da lama no meio das árvores, do outro lado da estrada. Jamais tinham sido vistas aquelas plantas de igual tamanho, e tinham cores tão estranhas que não podiam ser traduzidas em palavras. Suas formas eram monstruosas, e o cavalo bufava diante de um odor que impressionou Stephen como algo totalmente sem precedentes. Naquela tarde, várias pessoas foram até o local para ver o crescimento anormal desse vegetal, e todas concordaram que plantas desse tipo nunca deveriam brotar num solo saudável. As frutas ruins do outono passado foram mencionadas repetidas vezes, e, de boca em boca, espalhou-se a notícia de que havia veneno nas terras de Nahum. Obviamente, era o meteorito; e, lembrando-se de como os homens da faculdade acharam aquela pedra muito estranha, vários fazendeiros falaram a respeito disso às pessoas da região.

Um dia, fizeram uma visita a Nahum; mas, sem maior interesse por relatos fantásticos e folclore, foram muito conservadores no que podiam deduzir. As plantas eram certamente estranhas, mas todas as aráceas são mais ou menos estranhas em forma e nuances. Talvez algum elemento mineral da pedra tivesse penetrado no solo, mas logo seria levado pela água. E, quanto a pegadas e cavalos assustados, é claro que isso não passava de mera conversa de camponeses, que um fenômeno como o aerólito certamente suscitaria. Na verdade, não havia nada que homens sérios pudessem fazer em casos de boatos alardeantes, pois camponeses supersticiosos seriam levados a dizer qualquer coisa e a acreditar em tudo. E, assim, durante todos esses dias estranhos, os professores permaneceram a distância, desdenhando o caso. Apenas um deles, ao receber dois frascos de poeira para análise, num caso policial, mais de um ano e meio depois, lembrou que a cor esquisita daquelas aráceas era muito parecida com uma das faixas anômalas de luz mostradas pelo fragmento de meteoro no espectroscópio da faculdade, e semelhante ao glóbulo quebradiço encontrado incrustado na pedra do abismo. Nessa análise, no início as amostras apresentaram as mesmas faixas estranhas, embora tenham perdido depois essa propriedade.

As árvores floresceram prematuramente em torno da casa de Nahum e, à noite, balançavam de modo sinistro com o vento. O segundo filho de Nahum, Thaddeus, um rapaz de 15 anos, jurou que se moviam também quando não havia vento; mas nem os mexeriqueiros acreditavam nisso. O certo é que a inquietação pairava no ar. Toda a família Gardner adquiriu o hábito de ouvir certos sons às escondidas, embora nem pudesse definir conscientemente que som era. Esse ato de escutar, na verdade, era mais um produto de momentos em que a consciência parecia quase desaparecer. Infelizmente, esses momentos aumentavam a cada semana, até que se tornou comum dizer que "algo estava errado com todos os membros da família de Nahum". Quando a primeira saxífraga nasceu, tinha outra cor estranha; não exatamente como a das aráceas, mas claramente similar e igualmente desconhecida para quem a viu. Nahum levou algumas flores para Arkham e mostrou-as ao editor do jornal *Gazette*, mas esse senhor nada mais fez que escrever um artigo humorístico sobre elas, no qual os sombrios temores dos camponeses eram educadamente expostos ao ridículo. Foi um erro de Nahum contar a um estúpido homem da cidade sobre a forma como as grandes borboletas, parecendo vestidas de luto, se comportavam em relação a essas saxífragas.

Abril trouxe uma espécie de loucura para o povo do campo, e foi então que se começou a deixar de usar a estrada que passava pela casa de Nahum, até

abandoná-la por completo. A culpada era a vegetação. Todas as árvores do pomar floresceram em cores estranhas, e, no solo pedregoso do pátio e da pastagem ao lado, brotou uma vegetação bizarra que somente um botânico poderia relacionar com a flora própria da região. Nenhuma cor sadia e normal podia ser vista em lugar algum, exceto na grama verde e na folhagem; mas, em toda parte, havia aquelas variantes malformadas e prismáticas de alguma tonalidade encoberta que era primária e doentia, e que não encontrava lugar entre os matizes conhecidos na terra. As serpentárias se transformaram em sinistra ameaça, e as sanguinárias se tornaram atrevidas em sua perversão cromática. Ammi e os Gardner julgaram que a maioria das cores tinha uma espécie de familiaridade obsessiva, e concluíram que lembravam o glóbulo quebradiço do meteoro. Nahum arou e semeou a área de pastagem de 10 acres e as terras altas, mas nem sequer mexeu na terra ao redor da casa. Sabia que era inútil, e esperava que a estranha vegetação do verão sugasse todo o veneno do solo. Agora, estava preparado para tudo, e havia se acostumado com a sensação de que algo perto dele aguardava para ser ouvido. O fato de os vizinhos evitarem sua casa afetou-o, é óbvio; mas afetou ainda mais sua esposa. Os rapazes estavam em melhor situação, pois se dirigiam à escola todos os dias; mas não podiam deixar de se assustar com tudo o que se falava. Thaddeus, um jovem especialmente sensível, era o que mais sofria.

Em maio, chegaram os insetos, e a propriedade de Nahum tornou-se um pesadelo de bichos que zumbiam e rastejavam. A maioria das criaturas não parecia muito comum em seu aspecto e seus movimentos, e seus hábitos noturnos contradiziam todas as experiências anteriores. Os Gardners começaram a vigiar à noite, procurando aleatoriamente, em todas as direções, por alguma coisa – não sabiam dizer o quê. Foi então que perceberam que Thaddeus tivera razão ao falar das árvores. A sra. Gardner foi a segunda pessoa a ver isso pela janela, enquanto observava os ramos entumecidos de um bordo contra o céu iluminado pela lua. Os galhos certamente se moviam, e não havia vento. Devia ser a seiva. O incomum havia penetrado, agora, em toda a vegetação. Não foi, contudo, nenhum membro da família de Nahum que fez a descoberta seguinte. A familiaridade os havia entorpecido, e o que não podiam ver foi vislumbrado por um tímido vendedor de moinhos de Bolton que, sem conhecer as lendas que circulavam na região, passou por lá uma noite. O que ele contou em Arkham mereceu um breve parágrafo no *Gazette*; e foi por meio do jornal que todos os fazendeiros, inclusive Nahum, se inteiraram do fenômeno. A noite estava escura, e a luz das lanternas da carruagem era muito fraca, mas, em torno de uma fazenda no vale – que todos sabiam, pelo relato, ser a de Nahum –, a escuridão era menos densa. Uma luminosidade suave, embora nítida, parecia fluir de toda a vegetação, relva, folhas e flores, enquanto, em dado momento, uma parte destacada da fosforescência parecia mexer-se furtivamente no pátio, perto do celeiro.

A grama, até então, parecia não ter sido tocada, e as vacas pastavam livremente no terreno perto da casa, mas, no fim de maio, o leite começou a ficar ruim. Então, Nahum mandou levar as vacas para as terras mais altas, e o problema foi resolvido. Pouco tempo depois, a mudança na grama e nas folhas se tornou evidente. Tudo o que era verde estava ficando cinzento e desenvolvia uma qualidade muito singular de fragilidade. Ammi era, agora, a única pessoa que frequentava o lugar, e suas visitas estavam se tornando cada vez menos habituais. Quando a escola fechou, os Gardners estavam virtualmente isolados do mundo, e às vezes deixavam Ammi fazer suas compras na cidade. Estavam decaindo curiosamente, tanto física quanto mentalmente, e ninguém ficou surpreso quando começou a se espalhar a notícia de que a sra. Gardner havia enlouquecido.

Aconteceu em junho, aproximadamente um ano depois da queda do meteoro, e a pobre mulher falava, aos gritos, de coisas no ar que ela não conseguia descrever. Em seu delírio, não havia um único substantivo específico, apenas verbos e pronomes. Coisas se moviam, mudavam e esvoaçavam, e ouvidos zumbiam com impulsos que não eram totalmente sons. Algo estava sendo levado embora – algo estava sendo tirado dela – algo que não deveria existir estava se prendendo a ela – alguém deveria tentar afastá-lo – nada ficava quieto durante a noite – as paredes e janelas se moviam. Nahum não a internou no asilo do condado, mas deixou-a vagar pela casa, desde que não causasse danos a si mesma nem aos outros. Mesmo quando a expressão dela mudou, ele nada fez. Mas, quando os rapazes começaram a ficar com medo dela e Thaddeus quase desmaiou com as caretas que a mãe lhe fazia, Nahum decidiu mantê-la trancada no sótão. Em julho, a sra. Gardner havia parado de falar e engatinhava de quatro; e, antes que esse mês acabasse, Nahum teve a delirante impressão de que ela era ligeiramente luminosa no escuro, como agora ele percebia claramente que era o caso da vegetação próxima.

Foi um pouco antes disso que os cavalos fugiram em debandada. Algo os havia despertado durante a noite, e seus relinchos e coices em suas baias tinham sido terríveis. Parecia que não havia praticamente nada a fazer para acalmá-los, e, quando Nahum abriu a porta do estábulo, todos fugiram como cervos da mata, assustados. O fazendeiro levou uma semana para localizar os quatro animais e, depois de encontrá-los, viu que tinham ficado incontroláveis e totalmente inúteis. Algo lhes havia afetado o cérebro, e, para o próprio bem deles, tiveram de ser sacrificados. Nahum tomou um cavalo emprestado de Ammi para recolher seu feno, mas descobriu que o animal se recusava a aproximar-se do celeiro. Recuava, empacava e relinchava; no fim, ele nada pôde fazer a não ser levá-lo ao pátio, enquanto os homens usavam suas próprias forças para empurrar a pesada carroça até o palheiro, para descarregar o feno com maior comodidade. Enquanto isso, a vegetação ficava sempre mais cinzenta e quebradiça. Até mesmo as flores, cujas cores eram tão estranhas, agora se tornavam cinzentas, e as frutas já despontavam cinzentas, mirradas e sem sabor. Os ásteres e o bastão-de-ouro floresciam cinzentos e distorcidos, e as rosas, zínias e malvas-rosa do jardim da frente eram coisas de aparência tão blasfema que o filho mais velho de Nahum, Zenas, as cortou. Os insetos, estranhamente inchados, morreram nessa mesma época; até as abelhas tinham abandonado suas colmeias, voando para os bosques.

Em setembro, toda a vegetação rapidamente se desfazia em pó acinzentado, e Nahum temia que as árvores morressem antes que o veneno tivesse saído do solo. Sua esposa, agora, tinha acessos de gritos terríveis, e ele e os rapazes encontravam-se num constante estado de tensão nervosa. Evitavam as pessoas e, quando a escola reabriu, os meninos não voltaram a frequentá-la. Mas foi Ammi, numa de suas raras visitas, o primeiro a perceber que a água do poço não era mais potável. Tinha um gosto ruim, que não era exatamente fétido nem exatamente salgado, e Ammi aconselhou o amigo a cavar outro poço num terreno mais alto, até que o solo voltasse à sua condição natural. Nahum, no entanto, ignorou o aviso, pois àquela altura já estava acostumado a coisas estranhas e desagradáveis. No decorrer desses dias incertos, ele e os meninos continuaram a usar a água contaminada, bebendo-a tão apática e mecanicamente quanto comiam suas escassas e mal preparadas refeições e realizavam suas tarefas ingratas e monótonas. Havia em todos eles uma espécie de resignação impassível, como se caminhassem em outro mundo, entre fileiras de guardas anônimos, para uma perdição certa e familiar.

Thaddeus enlouqueceu em setembro, depois de uma visita ao poço. Tinha ido com um balde e voltado de mãos vazias, gritando e agitando os braços e, às vezes,

caindo em risadas fúteis ou sussurrando a respeito "das cores que se moviam lá embaixo". Dois acometidos de loucura numa família era realmente algo muito ruim, mas Nahum era homem de muita coragem. Deixou o filho solto durante uma semana, até que percebeu que ele começou a tropeçar e a se machucar; então, trancou-o num quarto do sótão, em frente do quarto ocupado pela mãe. A maneira como gritavam um para o outro, por trás das portas trancadas, era terrível, especialmente para o pequeno Merwin, que imaginava que eles conversavam numa língua terrível, que não era desse mundo. Merwin estava ficando assustadoramente imaginativo, e sua inquietude se agravou depois que o irmão, que tinha sido seu maior companheiro de brincadeiras, foi trancado no quarto.

Quase ao mesmo tempo, começou a mortandade entre os rebanhos. As aves se tornavam acinzentadas e morriam rapidamente; sua carne, ao ser cortada, era seca e fétida. Os porcos engordavam exageradamente e, de repente, começavam a sofrer mudanças repulsivas, que ninguém conseguia explicar. Obviamente, a carne deles era inaproveitável, e Nahum não sabia mais o que fazer. Nenhum veterinário rural ousava se aproximar do lugar, e o veterinário da cidade de Arkham ficou realmente perplexo. Os porcos começaram a ficar cinzentos e frágeis e a cair em pedaços antes de morrer, e seus olhos e focinhos desenvolveram alterações singulares. Aquilo era totalmente inexplicável, pois os animais nunca tinham sido alimentados com vegetação contaminada. Então, algo passou a atingir as vacas. Certas áreas ou, às vezes, o corpo todo delas ficavam estranhamente enrugados ou comprimidos, e colapsos ou desintegrações atrozes eram comuns. Nos últimos estágios – e o resultado era sempre a morte –, ficavam acinzentadas e frágeis, como havia ocorrido com os porcos. Não era possível que se tratasse de veneno, pois todos os casos ocorreram num celeiro trancado e protegido. Nenhuma mordida poderia ter transmitido o vírus – pois que animal da terra poderia atravessar obstáculos sólidos? Devia ser apenas uma doença natural, mas era praticamente impossível imaginar que doença poderia causar tais resultados. Quando chegou a época da colheita, não havia nenhum animal sobrevivente no local, pois o gado e as aves estavam mortos e os cães haviam fugido. Esses cães, três no total, haviam desaparecido certa noite, e nunca mais se ouviu falar deles.

Os cinco gatos já tinham partido fazia mais tempo, mas sua ausência mal foi notada, pois parecia que já não havia mais ratos, e apenas a sra. Gardner tinha especial apego aos graciosos felinos.

No dia 19 de outubro, Nahum entrou, cambaleando, na casa de Ammi, com notícias horríveis. A morte tinha chegado para o pobre Thaddeus, no quarto do sótão, e viera de uma forma que não podia ser contada. Nahum cavou uma sepultura no terreno cercado da família, nos fundos da fazenda, e colocou nela o que encontrou. Nada poderia ter entrado de fora do quarto, pois a pequena janela gradeada e a porta trancada estavam intactas; mas aquilo era muito parecido com o que tinha acontecido no celeiro. Ammi e a esposa consolaram o homem da melhor maneira possível, mas estremeceram ao fazê-lo. Um completo terror parecia se apoderar dos Gardners e de tudo o que tocavam, e a simples presença de um deles na casa era um sopro vindo de regiões anônimas e inomináveis. Ammi acompanhou Nahum de volta para casa, com a maior relutância, e fez o que pôde para acalmar os histéricos soluços do pequeno Merwin. Zenas não precisava ser acalmado. Ultimamente, nada mais fazia senão olhar diretamente para o espaço e obedecer ao que seu pai lhe ordenava; e Ammi pensava que o destino se mostrava misericordioso para com o rapaz. De vez em quando, os gritos de Merwin eram respondidos com uma voz quase inaudível, vinda do sótão; e, em resposta a um olhar indagador, Nahum disse que sua esposa estava ficando muito fraca. Antes do anoitecer, Ammi conseguiu fugir; pois nem mesmo a amizade poderia fazê-lo permanecer naquele local quando o suave brilho da vegetação começava a se espalhar e as árvores passavam a balançar ou não, sem nenhum vento. Sorte que Ammi não era dado a imaginar coisas. Mesmo assim, sua mente estava ligeiramente afetada; mas, se tivesse conseguido relacionar todos os presságios em torno dele e refletir a respeito, teria se tornado, inevitavelmente, um completo maníaco. Ao anoitecer, voltou correndo para casa, com os gritos da mulher louca e da criança nervosa ecoando horrivelmente em seus ouvidos.

Três dias depois, logo cedo pela manhã, Nahum irrompeu na cozinha de Ammi e, na ausência do dono da casa, passou a gaguejar uma história desesperada, mais uma vez, enquanto a sra. Pierce o ouvia com indisfarçável medo. Dessa vez, tratava-se do pequeno Merwin. Havia desaparecido. Tarde da noite, tinha saído com uma lanterna e um balde para buscar água, e não voltou mais. Estava em frangalhos havia dias, e mal sabia o que estava fazendo. Gritava diante de qualquer coisa. Em certo momento, houve um grito frenético vindo do pátio, mas, antes que o pai pudesse chegar até a porta, o menino já tinha desaparecido. Não se via luz alguma da lanterna que ele havia levado, nem nenhum vestígio do próprio menino. Naquele momento, Nahum pensou que a lanterna e o balde também tinham sumido; mas, ao amanhecer, quando o homem vinha voltando de sua busca noturna pelos bosques e campos, encontrou algumas coisas muito curiosas perto do poço. Havia uma massa de ferro esmagada e aparentemente um pouco derretida, que certamente se tratava da lanterna; enquanto, ao lado, uma alça torta e aros de ferro retorcido, ambos meio fundidos, pareciam sugerir os restos do balde. Isso era tudo. Nahum já não sabia o que pensar, a sra. Pierce estava prestes a desmaiar, e Ammi, ao chegar em casa e ouvir todo o relato, não conseguia proferir uma palavra. Merwin havia desaparecido, e de nada adiantaria falar com as pessoas da vizinhança, porque agora todos evitavam os Gardners. E de nada adiantaria falar com as pessoas da cidade em Arkham, que riam de tudo. Thad tinha desaparecido, e agora Merwin tinha, igualmente, desaparecido. Algo estava rastejando e se arrastando por aí e esperando para ser visto e ouvido. Nahum iria também, logo mais, e queria que Ammi cuidasse da mulher e de Zenas, se os dois sobrevivessem a ele. Devia ser um tipo de julgamento; embora não pudesse imaginar por que razão, uma vez que ele sempre andara, pelo que soubesse, corretamente nos caminhos do Senhor.

Por mais de duas semanas, Ammi não viu Nahum; e, então, preocupado com o que poderia ter acontecido, superou seus temores e fez uma visita à propriedade dos Gardners. Não havia fumaça na grande chaminé, e, por um momento, o visitante teve medo do pior. O aspecto de toda a fazenda era chocante – grama seca e folhas acinzentadas pelo chão, trepadeiras caindo em frágeis fragmentos de paredes e frontões arcaicos, e grandes árvores nuas tentando atingir o céu cinzento de novembro com uma malevolência estudada, que Ammi não podia deixar de sentir que viera de alguma mudança sutil na inclinação dos galhos. Mas, apesar de tudo, Nahum estava vivo. Estava fraco e deitado num sofá na cozinha de teto baixo, mas perfeitamente consciente e capaz de dar ordens simples a Zenas. Fazia um frio mortal no cômodo; e, como Ammi tremia visivelmente, o dono da casa gritou com voz rouca para que Zenas buscasse mais lenha. Na realidade, a madeira era extremamente necessária, uma vez que a cavernosa lareira estava apagada e vazia, e uma nuvem de fuligem voava com o vento frio que descia pela chaminé. Naquele momento, Nahum lhe perguntou se a lenha extra o fizera sentir-se um pouco mais confortável, e, então, Ammi percebeu o que havia acontecido. A corda mais resistente havia finalmente arrebentado, e a mente do infeliz fazendeiro estava imune contra mais sofrimento.

Interrogando-o com toda a delicadeza, Ammi não conseguiu obter informações claras sobre o desaparecido Zenas. "No poço – ele mora no poço...", foi tudo o que o pai transtornado disse. Então, passou pela mente do visitante um pensamento repentino sobre a esposa louca, e ele mudou sua linha de investigação. "Nabby? Ora, aqui está ela!" foi a surpreendente resposta dada pelo pobre Nahum. Ammi logo entendeu que ele mesmo deveria procurá-la. Deixando o inofensivo homem balbuciante no sofá, tirou as chaves do prego ao lado da porta e subiu as escadas rangentes até o sótão. O local lá em cima era muito abafado e malcheiroso, e nenhum ruído se ouvia, vindo de nenhuma direção. Das quatro portas à vista, apenas uma estava trancada, e nela Ammi experimentou várias das chaves do molho que havia apanhado. A terceira era a que servia, e, depois de algumas tentativas, ele abriu a porta branca e baixa.

Lá dentro estava bastante escuro, pois a janela era pequena e meio obscurecida pelas rústicas barras de madeira; e Ammi não conseguia ver absolutamente nada no chão de tábuas largas. O fedor era insuportável, e, antes de prosseguir, ele teve de se retirar para outro cômodo e voltar com os pulmões cheios de ar respirável. Quando tornou a entrar, viu alguma coisa escura no canto e, ao vê-la com mais clareza, soltou um irreprimível grito. Enquanto gritava, pensou que uma nuvem momentânea eclipsava a janela e, um segundo depois, sentiu-se como que varrido por uma odiosa corrente de vapor. Cores estranhas dançavam diante de seus olhos; e, se não estivesse anestesiado por uma sensação de horror, teria pensado no glóbulo do meteoro que o martelo do geólogo tinha despedaçado e na mórbida vegetação que havia brotado na primavera. Do jeito que as coisas estavam, pensava apenas na monstruosidade blasfema que o confrontava e que, claramente, compartilhava do destino inominável do jovem Thaddeus e dos animais. Mas o mais terrível, nesse horror, era que a coisa se movia muito lenta e perceptivelmente, enquanto continuava a se desintegrar.

Ammi não me deu detalhes adicionais dessa cena, mas a forma no canto não reaparece em sua história como um objeto que se move. Existem coisas que não podem ser mencionadas, e o que é feito por simples questão humanitária é, às vezes, cruelmente julgado pela lei. Concluí que não havia nada que se movesse naquele quarto do sótão, e que deixar ali qualquer coisa capaz de se mover teria sido um ato tão monstruoso que condenaria ao tormento eterno quem o tivesse cometido. Qualquer um, menos um impassível fazendeiro, teria desmaiado ou enlouquecido, mas Ammi passou consciente por aquela porta baixa e trancou o maldito segredo atrás de si. Precisava lidar com Nahum, agora; ele deveria ser alimentado, receber cuidados e ser removido para algum lugar em que pudesse ser tratado.

Começando a descer a escura escada, Ammi ouviu um baque embaixo. Pensou até mesmo ter ouvido, de repente, um grito abafado, e lembrou-se, nervoso, do vapor úmido que o havia tocado naquele assustador quarto de cima. Que presença teria sido despertada com o grito e com sua chegada? Paralisado por um temor vago, ouviu mais sons vindos de baixo. Sem dúvida, havia algo pesado sendo arrastado, e ele ouvia um ruído detestavelmente gosmento, como de alguma espécie de sucção diabólica e imunda. Com um sentido de associação estimulado a alturas febris, lembrou-se, inexplicavelmente, do que vira no andar de cima. Bom Deus! Que sinistro mundo de sonhos era esse em que havia se metido? Não ousou dar um passo para trás nem para frente, mas ficou parado, tremendo, na curva negra da escada embutida. Cada minúcia da cena ficava gravada em seu cérebro como que em chamas. Os sons, a sensação de terrível expectativa, a escuridão, a inclinação abrupta da estreita escada e – Deus dos céus! – a suave, mas inconfundível luminosidade de todas as peças de madeira à vista: degraus, laterais, ripas e vigas expostas.

Então, ecoou um relincho frenético do cavalo de Ammi do lado de fora, seguido, imediatamente, por um galopar que denunciava uma fuga desenfreada. Momentos depois, cavalo e charrete estavam fora do alcance da voz, deixando o homem assustado na escada escura, pensando no que havia provocado a fuga. Mas isso não era tudo. Houve outro ruído lá fora. Uma espécie de esguichos de líquido – água; devia ter sido o poço. Ele havia deixado o cavalo Hero desamarrado perto do poço, e uma roda da charrete devia ter raspado na amurada e derrubado uma pedra. E a pálida fosforescência continuava brilhando naquela detestável madeira antiga. Meu Deus! Como era velha essa casa! A maior parte fora construída antes de 1670, e o telhado com mansarda, não muito depois de 1730.

Ouvia-se, agora, perfeitamente, um leve arranhar no assoalho do andar de baixo, e Ammi cerrou a mão em torno de uma pesada vara que apanhara no sótão, para algum propósito. Recobrando lentamente o ânimo, terminou de descer e andou com firmeza em direção da cozinha. Mas não completou a caminhada, porque o que ele procurava não estava mais lá. Tinha vindo a seu encontro e ainda estava vivo, de certa forma. Se viera rastejando ou arrastado por alguma força externa Ammi não sabia dizer; mas a morte estivera ali. Tudo havia acontecido na última meia hora, mas o colapso, a cor cinzenta e a desintegração já estavam bem avançados. Era uma deterioração horrível, e fragmentos secos iam se desprendendo. Ammi não teve coragem de tocar aquilo, mas olhou, horrorizado, para a paródia distorcida do que tinha sido um rosto. "O que foi, Nahum – o que foi?", sussurrou ele; e os lábios fendidos e inchados só foram capazes de balbuciar uma entrecortada resposta final.

"Nada... nada... a cor... queima... fria e molhada, mas queima... vivia no poço... eu a vi... uma espécie de fumaça... precisamente igual às flores da primavera passada... o poço brilhava à noite... Thad e Merwin e Zenas... tudo o que vivia... sugando a vida de tudo... nessa pedra... deve ter vindo nessa pedra, envenenou todo o lugar... não sei o que quer... aquela coisa redonda que aqueles homens da faculdade tiraram da pedra... eles a quebraram... era da mesma cor... a mesma das flores e das plantas... deve ter havido mais delas... sementes... sementes... cresceram... vi pela primeira vez nesta semana... deve ter apanhado Zenas em cheio... ele era um rapaz forte, cheio de vida... penetra no cérebro da gente e toma conta... queima a gente... na água do poço... você tinha razão... água ruim... Zenas nunca mais voltou do poço... não se pode escapar... atrai a gente... sabe-se que algo está vindo, mas não adianta... vi isso outra vez desde que Zenas foi levado... onde está Nabby, Ammi? ... minha cabeça não anda boa... não sei quanto tempo faz que eu a alimentei... essa coisa vai levá-la também, se não tomarmos cuidado... só uma cor... o rosto dela está ficando daquela cor, às vezes, à noite... e queima e suga... vem de algum lugar onde as coisas não são como aqui... um dos professores disse isso... ele tinha razão... cuidado, Ammi, vai fazer mais coisas... suga a vida..."

Mas isso foi tudo. Aquele que falava não podia mais falar, porque havia se desintegrado completamente. Ammi estendeu uma toalha de mesa xadrez vermelha sobre o que restava e saiu, cambaleando, pela porta dos fundos para o campo. Subiu a encosta até a área de pastagem de 10 acres e voltou para casa, aos tropeções, pela estrada norte e pelos bosques. Não teve coragem de passar por aquele poço, de onde seu cavalo havia fugido. Tinha olhado pela janela e visto que nenhuma pedra estava faltando na borda do poço. Então, a charrete desgovernada não havia deslocado coisa alguma – o baque na água tinha sido outra coisa, algo que entrou no poço depois de ter acabado com o pobre Nahum.

Quando Ammi chegou em casa, o cavalo e a charrete já tinham chegado, deixando a mulher dele na maior ansiedade. Tranquilizando-a sem explicações, ele partiu imediatamente para Arkham e notificou as autoridades de que a família Gardner não existia mais.

Não forneceu detalhes, apenas deu a notícia da morte de Nahum e de Nabby – a de Thaddeus já era conhecida – e mencionou que a causa parecia ser a mesma doença estranha que matara os animais. Informou, também, que Merwin e Zenas haviam desaparecido. Houve um interrogatório prolongado no distrito policial, e, por fim, Ammi foi obrigado a levar três agentes para a fazenda Gardner, junto do juiz investigador, do médico legista e do veterinário que havia tratado os animais doentes. Ammi acompanhou-os contra a vontade, pois a tarde ia avançando, e ele temia o cair da noite naquele lugar maldito; mas sentia certo conforto por seguir em companhia de tanta gente.

Os seis homens seguiram numa só carroça, indo atrás da charrete de Ammi, e chegaram à casa da fazenda infestada por volta das 16 horas. Acostumados como estavam a experiências horrorosas, nenhum dos policiais permaneceu impassível diante do que foi encontrado no sótão e sob a toalha xadrez vermelha no andar de baixo. Todo o aspecto da fazenda, em sua desolação cinzenta, já era bastante terrível, mas aqueles dois objetos desfeitos excediam qualquer limite. Ninguém conseguia olhar para eles por muito tempo, e até mesmo o médico legista admitiu que havia muito pouco a examinar. Os espécimes podiam ser, obviamente, analisados; então, ele se ocupou em obtê-los – e cumpre dizer aqui que um resultado muito intrigante ocorreu no laboratório da faculdade, para onde os dois frascos que continham pó foram, finalmente, levados. Sob o espectroscópio, ambas as amostras emitiram um espectro desconhecido, no qual muitas das faixas desconcertantes eram exatamente iguais àquelas que o estranho meteoro havia apresentado no ano anterior. A propriedade de emitir esse espectro desapareceu depois de um mês, e, daí em diante, o pó passou a consistir principalmente de fosfatos alcalinos e carbonatos.

Ammi não teria contado nada aos homens sobre o poço se soubesse que eles pretendiam fazer alguma coisa ali de imediato. O pôr do sol estava se aproximando, e ele estava ansioso para sair de lá. Mas não pôde deixar de olhar nervosamente para a amurada de pedra perto da grande cegonha, e, quando um detetive o interrogou a respeito, admitiu que Nahum temia de tal forma algo dentro daquele poço que nunca havia sequer pensado em procurar por Merwin ou Zenas ali embaixo. Depois disso, os homens decidiram que nada mais havia a fazer senão esvaziar e explorar o poço imediatamente; então, Ammi teve de esperar, tremendo, enquanto balde após balde de água malcheirosa era içado e derramado no solo encharcado do lado de fora. Os homens fungavam, enojados, com o cheiro desse líquido, e, já na parte final, taparam o nariz contra o fedor que iam trazendo à tona. Não foi um trabalho tão longo quanto temiam, visto que a água estava surpreendentemente baixa. Não há necessidade de falar exatamente sobre o que encontraram. Merwin e Zenas estavam lá, em parte, embora os vestígios fossem principalmente esqueléticos. Havia também um veado pequeno e um cachorro grande, quase no mesmo estado, e numerosos ossos de animais pequenos. O lodo e o barro no fundo pareciam inexplicavelmente porosos e borbulhantes, e um homem que desceu com uma longa vara, como apoio, descobriu que poderia enfiá-la lodo abaixo até qualquer profundidade, sem encontrar nenhum obstáculo sólido.

A noite já estava caindo, e lanternas foram trazidas da casa. Então, quando viram que nada mais poderiam obter do poço, todos entraram e conferenciaram na antiga sala de estar, enquanto a luz descontínua de uma meia-lua espectral iluminava, palidamente, a desolação cinzenta lá fora. Os homens estavam francamente perplexos com o caso, e não conseguiram encontrar nenhum elemento comum convincente para ligar as estranhas condições vegetais, a desconhecida doença de animais e seres humanos e as inexplicáveis mortes de Merwin e Zenas no poço contaminado. É verdade que tinham ouvido as conversas das pessoas da região; mas não podiam acreditar que algo contrário à lei natural tivesse ocorrido. Sem dúvida, o meteoro tinha envenenado o solo, mas a doença de pessoas e animais que nada comeram do que fora cultivado ali era outra história. Teria sido a água do poço? Era bem possível. Seria uma boa ideia analisá-la. Mas que tipo de loucura poderia ter feito com que os dois rapazes pulassem no poço? Seus atos foram muito semelhantes, e os fragmentos mostravam que ambos haviam sofrido da morte cinzenta e desagregadora. Por que tudo era tão cinzento e quebradiço?

Foi o juiz investigador, sentado perto de uma janela com vista para o pátio, quem primeiro notou o brilho em torno do poço. A noite havia caído totalmente, e todos os abomináveis terrenos pareciam fracamente luminosos – não só com os raios lunares intermitentes, mas com esse novo brilho, que era algo definido e distinto e que parecia surgir do poço negro, como um raio atenuado de um holofote, com reflexos opacos nas pequenas poças em que a água havia sido jogada. Esse brilho apresentava uma cor muito estranha, e, quando todos os homens se aglomeraram em volta da janela, Ammi teve um violento sobressalto. Pois esse estranho feixe de horroroso miasma não era, para ele, de nenhum matiz desconhecido. Já havia visto essa cor antes, e temia pensar no que pudesse significar. Ele a tinha visto no frágil e desagradável glóbulo daquele aerólito, dois verões antes; tinha-a visto na repulsiva vegetação da primavera; e pensara tê-la visto naquela mesma manhã, por um instante, contra a pequena janela gradeada daquele terrível quarto de sótão, onde inomináveis coisas haviam acontecido. Brilhara ali por um segundo, e uma corrente pegajosa e nojenta de vapor tocou nele – e, então, o pobre Nahum foi envolvido por algo dessa cor. Foi o que ele havia dito no fim: que era igual ao glóbulo e às plantas.

Depois disso, a fuga pelo pátio e o baque no poço; e, agora, aquele poço estava lançando, no meio da noite, um pálido e insidioso raio do mesmo matiz demoníaco.

É digna de elogio a presença de espírito de Ammi, que, mesmo naquele momento tenso, conseguiu desvendar um ponto que era de caráter essencialmente científico. Ele não podia deixar de se maravilhar com o fato de ter obtido a mesma impressão de um vapor vislumbrado durante o dia, contra uma janela que se abria no céu da manhã, e de uma exalação noturna vista como uma névoa fosforescente contra a paisagem negra e esturricada. Não estava certo – era contra a natureza –, e ele pensou nas últimas terríveis palavras de seu amigo moribundo: "Veio de algum lugar onde as coisas não são como aqui... um dos professores disse isso...".

Os três cavalos do lado de fora, amarrados a duas árvores ressequidas à beira da estrada, estavam agora relinchando e dando coices freneticamente. O condutor da carroça foi até a porta, para tentar fazer alguma coisa, mas Ammi pôs a mão trêmula no ombro dele, sussurrando: "Não vá. Há coisas ali que não sabemos o que são. Nahum disse que algo vivia no poço, que suga sua vida. Disse que deve ser algo que cresceu de uma bola redonda como a que todos vimos na pedra de meteoro que caiu há um ano, em junho. Suga e queima, disse ele, e é só uma nuvem de cor como aquela luz lá fora, que você dificilmente pode ver e não consegue dizer o que é. Nahum achava que se alimenta de tudo o que vive e vai ficando o tempo todo mais forte. Disse que a viu na semana passada. Deve ser algo de longe, no céu, como era a pedra do meteoro, segundo disseram os homens da faculdade, no ano passado. A maneira como é feita e o modo como age são diferentes da maneira e do modo das coisas do mundo de Deus. É alguma coisa do além".

Então, os homens pararam, indecisos, enquanto a luz do poço ficava mais forte e os cavalos atrelados batiam as patas e relinchavam, numa excitação crescente. Foi de fato um momento horrível; com o terror reinando dentro daquela casa velha e amaldiçoada, surgiram, no depósito de madeira dos fundos, quatro monstruosos conjuntos de fragmentos – dois da casa e dois do poço –, mais aquele raio de iridescência desconhecida e temível das profundezas viscosas, na frente da casa. Ammi havia contido o condutor, por impulso, esquecendo-se de como ele próprio saíra ileso depois do contato com aquele vapor viscoso e colorido no quarto do sótão; mas, talvez, tenha sido bom que ele agisse como agiu. Ninguém jamais vai saber o que estava acontecendo lá fora, naquela noite; e, embora essa maldição do além não tivesse atacado, até então, nenhum ser humano cuja mente já não estivesse debilitada, não havia como imaginar o que aquela coisa poderia fazer naquele último momento, com sua força aparentemente aumentada e com os sinais especiais de seu desígnio, que logo se mostraria sob o céu enluarado, parcialmente nublado.

De repente, um dos detetives na janela emitiu um curto e agudo suspiro. Os outros olharam para ele e, em seguida, dirigiram rapidamente o próprio olhar dele para cima, até o ponto em que seu imprevisto vagar havia, subitamente, se detido. Não havia necessidade de palavras. O que fora discutido em conversas locais não era mais discutível, e é por causa do que todos os homens daquele grupo cochicaram, mais tarde, que jamais se fala dos dias estranhos em Arkham. É necessário ressaltar que não havia vento àquela hora da noite. É verdade que ventou um pouco mais tarde, mas, naquele momento, não havia absolutamente vento algum. Nem mesmo as pontas secas da sebe remanescente, cinzenta e esturricada, nem a franja da cobertura da carroça se mexiam. E, no entanto, no meio daquela calma tensa e ímpia, os galhos altos e nus de todas as árvores do pátio se moviam. Estavam se contorcendo mórbida e espasmodicamente, tentando alcançar, em convulsiva e epiléptica loucura, as nuvens enluaradas, arranhando de modo impotente o ar nocivo, como se estivessem sendo puxadas por uma linha invisível conectada com horrores subterrâneos, que se contorciam e se debatiam sob suas raízes negras.

Por vários segundos, ninguém respirou. Então, uma nuvem bem mais escura passou sobre a lua, e a silhueta de galhos agarrados desapareceu momentaneamente. Isso provocou um grito geral, abafado pelo pavor, mas rouco e quase idêntico em todas as gargantas. Pois o terror não havia desaparecido com a silhueta, e, num instante assustador de escuridão mais profunda, os observadores viram, contorcendo-se na altura da copa das árvores, mil pontos minúsculos de uma suave e amaldiçoada irradiação, que apareciam em cada ramo como o fogo-de-santelmo[15] ou como as chamas que desceram sobre a cabeça dos apóstolos no dia de Pentecostes[16]. Era uma constelação monstruosa de luz não natural, como um enxame saturado de vaga-lumes alimentados com cadáveres, que dançava em movimentos infernais sobre um pântano maldito, e sua cor era a mesma inominável intromissão que Ammi já sabia reconhecer e temer. Ao mesmo tempo, o facho de fosforescência do poço ficava cada vez mais brilhante, trazendo à mente dos homens encolhidos uma sensação de perdição e de anormalidade que ultrapassava de longe qualquer imagem que sua consciência pudesse formar. A luz não fluía mais poço acima, mas se derramava para fora; e, à medida que o fluxo informe de não identificável cor saía do poço, ele parecia fluir diretamente para o céu.

---

15 Santelmo é a forma aglutinada de Santo Elmo que, por sua vez, é uma alteração de Santo Ermo, por sua vez redução popular de Santo Erasmo (morto no ano 303), protetor dos marinheiros. O fenômeno chamado fogo-de-santelmo é uma chama azulada, decorrente de descarga elétrica, que, especialmente durante as tempestades, aparece nos mastros dos navios; pode ocorrer também em terra, em extremidades elevadas, como torres de igrejas (N.T.).
16 Referência ao dia da festa de Pentecostes, quando o Espírito Santo desceu, em forma de línguas de fogo, sobre a cabeça de cada um dos apóstolos de Cristo, reunidos do Cenáculo, como é narrado no livro bíblico Atos dos Apóstolos, II, 1-4 (N.T.).

O veterinário estremeceu e foi até a porta da frente, para trancá-la com a pesada barra extra. Ammi não tremia menos, e teve de cutucar e apontar, por falta de voz, quando quis chamar atenção para a crescente luminosidade das árvores. O relinchar e o bater dos cascos dos cavalos tornaram-se totalmente assustadores, mas nenhuma alma daquele grupo na velha casa teria se aventurado a sair em troca de qualquer recompensa terrena. Com o passar dos minutos, o brilho das árvores aumentava, enquanto seus ramos agitados pareciam esforçar-se cada vez mais para se erguer na verticalidade. A madeira da cegonha do poço agora estava brilhando, e logo um policial apontou, silenciosamente, para alguns galpões de madeira e colmeias perto da parede de pedra, a oeste. Estavam começando a brilhar também, embora os veículos amarrados dos visitantes parecessem não ter sido afetados ainda. Em seguida, houve uma violenta comoção e um rumor de cascos na estrada; quando Ammi apagou a lamparina para ver melhor, todos compreenderam que a apavorada parelha de cavalos havia quebrado a árvore e tinha fugido com a carroça.

O choque serviu para soltar a língua de alguns, e trocaram-se sussurros embaraçados. "A coisa se espalha sobre tudo o que existe de orgânico por aqui", murmurou o médico legista. Ninguém respondeu, mas o homem que estivera no poço deu a entender que sua longa vara devia ter mexido com algo incompreensível. "Foi horrível", acrescentou ele. "Não havia fundo algum. Apenas lama e bolhas e a sensação de algo espreitando lá embaixo." O cavalo de Ammi ainda batia os cascos e relinchava de modo ensurdecedor na estrada do lado de fora, quase abafando a voz fraca e trêmula de seu dono, que murmurava suas desconexas reflexões. "Veio daquela pedra – cresceu lá embaixo – apanhou todos os seres vivos – alimentava-se deles, espírito e corpo – Thad e Merwin, Zenas e Nabby – Nahum foi o último – todos beberam da água –

dominou-os a todos – veio do além, onde as coisas não são como aqui – agora está indo para casa..."

Nesse ponto, quando a coluna de cor desconhecida passou, de repente, a brilhar mais intensamente e começou a tecer contornos fantásticos de formas, que cada espectador descreveu de maneira diferente, veio, do pobre cavalo amarrado Hero, um som que nenhum homem ouviu, antes ou depois, proveniente de um cavalo. Cada uma das pessoas naquela sala de estar tapou os ouvidos, e Ammi se afastou da janela, com horror e náusea. As palavras não podiam transmitir aquilo – quando Ammi olhou para fora novamente, o infeliz animal jazia inerte no chão, iluminado pela lua, entre as hastes estilhaçadas da charrete. Esse foi o fim de Hero, que foi enterrado no dia seguinte. Mas aquela não era hora de lamentações, pois, quase no mesmo instante, um detetive chamou atenção, silenciosamente, para algo terrível dentro da própria sala, junto com eles. Na ausência da luz da lamparina, era evidente que uma leve fosforescência havia começado a invadir todo o cômodo. Brilhava no chão de tábuas largas e nos fragmentos do tapete em trapos, e tremeluzia nas armações das janelas de vidraça pequena. Corria para cima e para baixo nas colunas expostas, cintilava sobre a prateleira e a moldura da lareira e infectava as próprias portas e os móveis. A cada minuto, tornava-se mais intensa, e, por fim, estava muito claro que coisas vivas saudáveis deveriam deixar aquela casa.

Ammi mostrou-lhes a porta dos fundos e o caminho através dos campos até a área de pastagem de 10 acres. Caminhando e tropeçando, como em sonho, ninguém ousou olhar para trás até que todos estivessem bem longe, num terreno elevado. Ficaram contentes com o atalho, pois não poderiam ter saído pela frente e passado por aquele poço. Já era bastante ruim passar pelo celeiro, pelos galpões brilhantes e por aquelas árvores do pomar, que tremeluziam com seus contornos retorcidos e demoníacos; mas, graças aos céus, os galhos se retorciam somente na tentativa de alcançar o alto. A lua se escondeu, atrás de nuvens muito negras, quando eles cruzaram a ponte rústica sobre o riacho Chapman, e, de lá até os prados abertos, andaram tateando às cegas.

Quando olharam para trás, em direção do vale e da distante propriedade dos Gardners ao fundo, presenciaram um espetáculo aterrador. A fazenda brilhava com a horrenda e desconhecida mescla de cores; e também árvores, construções e até mesmo grama e plantas arbustivas que não haviam sido totalmente transformadas na letal fragilidade cinzenta. Todos os ramos projetavam-se para o céu, com línguas de chamas repulsivas nas pontas, e filetes do mesmo monstruoso fogo rastejavam sobre as vigas mestras da casa, do celeiro e dos galpões. Era uma cena de uma visão de Fuseli[17], e sobre todo o resto reinava essa confusão de disformidade luminosa, esse indescritível arco-íris sem dimensões de veneno misterioso do poço – fervilhando, envolvendo, lambendo, atingindo, cintilando, espraiando-se e borbulhando malignamente em seu cromatismo cósmico e irreconhecível.

Então, sem aviso, a coisa abominável disparou verticalmente, em direção ao céu, como um foguete ou um meteoro, não deixando nenhum rasto e desaparecendo por um buraco redondo e curiosamente regular nas nuvens, antes que qualquer um dos homens pudesse dar um suspiro ou soltar um grito. Nenhum observador jamais poderá esquecer aquela visão, e Ammi olhou fixamente para as estrelas do Cisne, e Deneb[18] cintilava, acima das outras, onde a cor desconhecida se fundiu na Via Láctea.

---

17 Referência à obra pictórica do suíço Johann Heinrich Füssli (1741-1825), mais conhecido como Herny Fuseli; suas pinturas privilegiavam temas macabros e fantásticos (N.T.)
18 Referência à constelação do Cisne, do hemisfério celestial norte; Deneb é a estrela mais brilhante dessa constelação (N.T.)

Mas, no momento seguinte, seu olhar foi rapidamente atraído para a terra pelos estalidos no vale. Era exatamente isso. Apenas madeira se estilhaçando e estalando, e não uma explosão, como muitos do grupo afirmaram. O resultado, no entanto, foi o mesmo, pois, num instante febril e caleidoscópico, irrompeu daquela fazenda condenada e maldita uma catástrofe reluzente e eruptiva de fagulhas e substâncias não naturais, turvando o olhar dos poucos que a viram e enviando ao zênite uma tempestade de fragmentos coloridos e fantásticos, que nosso universo deve repudiar. Através de vapores que rapidamente se fechavam depois de sua passagem, esses fragmentos seguiram a grande coisa mórbida que havia desaparecido; e, num segundo, eles também tinham desaparecido. Atrás e embaixo, havia apenas uma escuridão, para a qual os homens não ousavam retornar, e, no entorno, um vento crescente parecia soprar, do espaço interestelar para baixo, rajadas negras e gélidas. Gemia e uivava, e açoitava os campos e os bosques distorcidos, num louco delírio cósmico, até que logo o trêmulo grupo compreendeu que era inútil esperar a volta da lua para mostrar o que havia sobrado lá embaixo, nas terras de Nahum.

Amedrontados demais para sugerir teorias, os sete homens trêmulos caminharam de volta para Arkham, pela estrada do norte. Ammi encontrava-se pior que seus companheiros, e implorou para que o acompanhassem até dentro de sua própria cozinha, em vez de seguir direto para a cidade. Ele não queria atravessar sozinho os bosques arruinados e açoitados pelo vento até sua casa, na estrada principal. Pois tivera um choque a mais, do qual os outros haviam sido poupados, e ficou esmagado para sempre por um medo reservado, que nem ousou mencionar por muitos anos. Enquanto o resto dos observadores naquela colina tempestuosa voltavam impassivelmente seu rosto para a estrada, Ammi olhou para trás, por um instante, para o vale sombrio de desolação que protegia seu amigo azarado nos últimos tempos. E, daquele local distante e abatido, vira algo erguer-se debilmente, apenas para afundar de novo no lugar de onde o grande horror informe havia disparado para o céu. Era apenas uma cor – mas não qualquer cor de nossa terra ou dos céus. E, porque Ammi reconheceu aquela cor e sabia que esse último leve resquício ainda deve estar escondido lá no poço, nunca mais voltou a ser o mesmo.

Ammi nunca mais se aproximou do lugar. Já se passaram 44 anos desde que o horror aconteceu, mas nunca mais esteve lá e vai ficar feliz quando o novo reservatório cobrir tudo. De minha parte, ficarei contente também, pois não gostei da maneira como a luz do sol mudou de cor ao redor da boca daquele poço abandonado, pelo qual passei. Espero que a água seja sempre bem funda – mas, mesmo assim, nunca a beberei. Acho que não vou mais voltar a visitar a região de Arkham. Três dos homens que haviam estado com Ammi retornaram na manhã seguinte, para ver as ruínas à luz do dia, mas não havia verdadeiras ruínas. Só os tijolos da chaminé, as pedras do porão, alguns resíduos minerais e metálicos aqui e acolá, e a orla daquele poço abominável. Com exceção do cavalo morto de Ammi, que eles arrastaram para longe e enterraram, e a charrete, que pouco mais tarde devolveram ao dono, tudo o que um dia era vivo havia desaparecido. O que restou foram 5 acres de deserto de poeira cinzenta, e, desde então, nada mais cresceu ali. Até hoje, eles se estendem para o céu, como uma grande mancha carcomida por ácido nos bosques e nos campos, e os poucos que ousaram chegar até esse local, apesar das lendas rurais, apelidaram-no de "pântano esturricado".

As lendas rurais são esquisitas. Poderiam ser ainda mais estranhas se os homens da cidade e os químicos da faculdade estivessem interessados em analisar a água daquele poço em desuso ou a poeira cinzenta que nenhum vento parece conseguir dispersar. Os botânicos também deveriam estudar a flora atrofiada nos limites daquele local, pois poderiam lançar luz sobre a ideia das pessoas de que a praga está se espalhando – pouco a pouco, talvez uns 2 centímetros por ano. As pessoas dizem que a cor das plantas arbustivas próximas não é bem natural na primavera, e que os animais selvagens deixam pegadas estranhas na neve fraca do inverno. A neve nunca parece tão pesada no pântano esturricado como em qualquer outro lugar. Os cavalos – os poucos que restaram nessa era motorizada – ficam assustadiços no vale silencioso; e os caçadores não podem contar com seus cães muito perto da mancha de poeira acinzentada.

Dizem que as influências mentais também são muito ruins; não poucos enlouqueceram nos anos após a morte de Nahum, e sempre lhes faltou coragem para sair da área. Com o tempo, todas as pessoas de mentalidade mais forte deixaram a região, e apenas os estrangeiros tentaram viver nas velhas casas decadentes. Mas não conseguiram ficar; e, às vezes, é de se perguntar que percepção, além da nossa, lhes transmitiram as rudes e estranhas histórias de magia. À noite, seus sonhos, garantem eles, são horríveis naquela grotesca região; e, certamente, o próprio aspecto desse reino das trevas é suficiente para despertar fantasias mórbidas. Nenhum viajante jamais escapou de uma sensação de estranheza naquelas ravinas profundas, e os artistas estremecem ao pintar os densos bosques, cujo mistério fere tanto o espírito quanto o olhar. Eu mesmo estou curioso sobre a sensação que tive em minha caminhada solitária antes que Ammi me contasse sua história. Quando o pôr do sol foi se desenhando, desejei, vagamente, que algumas nuvens se juntassem, pois uma estranha timidez em relação ao imenso e infindo vazio celeste acima havia se infiltrado em minha alma.

Não me peçam minha opinião. Não sei – isso é tudo. Não havia ninguém além de Ammi para interrogar, pois os habitantes de Arkham não vão falar dos dias estranhos, e os três professores que viram o aerólito e seu glóbulo colorido já morreram. Havia outros glóbulos – podem ter certeza disso. Um deve ter se alimentado e escapado, e provavelmente havia outro, que chegou tarde demais. Sem dúvida, ainda está no poço – sei que havia algo de errado com a luz do sol que vi acima da borda daquela exalação de fedor. Os camponeses dizem que a praga avança mais de 2 centímetros por ano; então, talvez, haja um tipo de crescimento ou mesmo de alimentação ainda em curso. Mas, seja lá qual for a cria demoníaca, ela deve estar presa a alguma coisa, caso contrário se espalharia rapidamente. Estaria presa às raízes daquelas árvores que arranham o ar? Uma das histórias atuais de Arkham é a de que, à noite, grossos carvalhos brilham e se agitam, de uma maneira nada natural.

O que é só Deus sabe. Em termos de matéria, suponho que a coisa que Ammi descreveu seria chamada de gás, mas esse gás obedecia a leis que não são de nosso cosmos.

Não era fruto de mundos e sóis como os que brilham nos telescópios e nas chapas fotográficas de nossos observatórios. Não era um sopro dos céus, cujos movimentos e dimensões nossos astrônomos medem ou consideram vastos demais para medir. Tratava-se apenas de uma cor do espaço – um assustador mensageiro de reinos informes do infinito, além de toda a natureza como a conhecemos; de reinos cuja mera existência atordoa o cérebro e nos entorpece com os negros abismos extracósmicos que ela abre diante de nossos desvairados olhos.

Duvido muito que Ammi tenha mentido conscientemente para mim, e não acho que a história dele tenha sido resultado da loucura, como os habitantes da cidade haviam me prevenido. Algo terrível chegou às colinas e aos vales naquele meteoro, e algo terrível – embora eu não saiba em que proporção – ainda permanece. Ficarei contente ao ver a água chegar. Enquanto isso, espero que nada aconteça a Ammi. Ele viu tanto da coisa – e sua influência foi tão insidiosa. Por que ele nunca tomou a decisão de se mudar dali? Com que clareza se lembrava das últimas palavras de Nahum: "Não há como fugir... a coisa te prende... sabe que alguma coisa está vindo, mas não há o que fazer...". Ammi é um velho tão bom... Quando a turma do reservatório começar a trabalhar, devo escrever ao engenheiro-chefe para mantê-lo sob estrita vigilância. Detestaria pensar nele como a monstruosidade cinzenta, retorcida e quebradiça que persiste, cada vez mais, em perturbar meu sono.

A MÚSICA DE ERICH ZANN

Andei examinando os mapas da cidade com o maior cuidado, mas nunca mais encontrei a rua d'Auseil. Não foram apenas mapas modernos que estudei, pois sei que os nomes mudam. Pelo contrário, investiguei profundamente todas as antiguidades do lugar e explorei pessoalmente todas as regiões, de qualquer nome, que poderiam corresponder à rua que conheci como d'Auseil. Mas, apesar de tudo o que pesquisei, resta o fato humilhante de que não consegui encontrar a casa, a rua, nem mesmo a localidade em que, durante os últimos meses de minha empobrecida vida de estudante de metafísica na universidade, ouvi a música de Erich Zann.

Que minha memória esteja fraca não me admira, pois minha saúde, física e mental, foi gravemente afetada durante o período de minha residência na rua d'Auseil, e não me lembro de ter levado nenhum de meus poucos conhecidos para lá. Mas o fato de não poder encontrar o lugar novamente é, ao mesmo tempo, singular e desconcertante; pois ficava a meia hora de caminhada da universidade e se distinguia por peculiaridades que dificilmente poderiam ser esquecidas por qualquer um que tivesse estado lá. Nunca encontrei uma pessoa sequer que tivesse visto a rua d'Auseil.

H.P. LOVECRAFT

A rua d'Auseil ficava do outro lado de um rio turvo, margeado por armazéns de tijolos inclinados com janelas foscas e atravessado por uma ponte maciça de pedra escura. Esse rio estava sempre coberto de sombras, como se a fumaça das fábricas vizinhas encobrissem o sol perpetuamente. O rio também cheirava mal, exalando um terrível fedor, que nunca senti em nenhum outro lugar, e que um dia pode me ajudar a encontrá-lo, uma vez que haveria de reconhecer imediatamente esse mau cheiro. Além da ponte, havia ruas estreitas, com calçamento de pedras e percorridas por trilhos; e, depois, vinha uma subida, a princípio gradual, mas incrivelmente íngreme quando se chegava perto da rua d'Auseil.

Nunca vi outra rua tão estreita e inclinada como a d'Auseil. Era quase um despenhadeiro, fechada a todos os veículos, consistindo, em vários pontos, de lances de escadas, que terminavam no topo com um alto muro coberto de hera. Seu pavimento era irregular, às vezes com lajes de pedra, às vezes com paralelepípedos e, às vezes, de terra batida com vegetação cinza esverdeada que tentava abrir espaço. As casas eram altas, com telhados pontiagudos, incrivelmente antigas e doidamente inclinadas para trás, para a frente e para os lados. Ocasionalmente, duas casas, em lados opostos, inclinavam-se para a frente, quase se encontrando por sobre a rua, como se formassem um arco; e, certamente, impediam a luz de chegar até o chão, abaixo. Havia algumas pontes suspensas entre as casas dos dois lados.

Os moradores daquela rua me impressionaram de maneira peculiar. A princípio, pensei que era porque todos se mostravam silenciosos e reticentes; mas, depois, concluí que o motivo estava no fato de todos serem muito velhos. Nem sei como acabei indo morar numa rua como aquela, mas eu não era eu mesmo quando me mudei para lá. Morei em muitos lugares pobres, sempre despejado por falta de dinheiro; até que, finalmente, encontrei aquela casa instável na rua d'Auseil, mantida pelo paralítico Blandot. Era a terceira casa do alto da rua e, de longe, a mais alta de todas.

Meu quarto ficava no quinto andar; o único cômodo habitado ali, uma vez que a casa estava quase vazia. Na noite em que cheguei, ouvi uma música estranha vinda do sótão, logo acima de meu cômodo e sob o telhado pontiagudo; no dia seguinte, perguntei ao velho Blandot a respeito da música. Ele me disse que era de um velho violeiro alemão, um estranho homem mudo que assinava seu nome como Erich Zann e que tocava, à noite, numa pequena orquestra de teatro; acrescentou que o desejo de Zann de tocar após seu retorno do teatro foi a razão pela qual havia escolhido esse sótão elevado e isolado, cuja janela de empena era o único ponto na rua do qual se podia olhar por cima do fim do muro no declive e contemplar o panorama do outro lado.

Depois disso, eu ouvia Zann todas as noites e, apesar de ele me manter acordado, fiquei assombrado pela estranheza de sua música. Embora eu conhecesse pouco dessa arte, ainda estava certo de que nenhuma de suas harmonias tinha relação alguma com a música que eu tinha ouvido antes; e conclui que ele era um compositor genial e extraordinariamente original. Quanto mais eu ouvia, mais ficava fascinado, até que, depois de uma semana, resolvi travar conhecimento com esse homem idoso.

Uma noite, quando Zann estava voltando do trabalho, interceptei-o no corredor e lhe disse que gostaria de conhecê-lo e de estar com ele quando tocasse. Tratava-se de um homem baixo, magro, recurvado, de roupas surradas, olhos azuis, rosto grotesco, semelhante ao de um sátiro, e cabeça quase totalmente calva; e, às minhas primeiras palavras, parecia ao mesmo tempo zangado e amedrontado. Minha franca amabilidade, no entanto, finalmente o sensibilizou; e, relutantemente, fez sinal para que eu o seguisse pela escada escura, rangente e bamba que levava ao sótão. Seu quarto, um dos dois únicos no sótão de acentuada inclinação, ficava no lado oeste, em direção do alto muro que formava a extremidade superior da rua. De tamanho muito grande, parecia maior ainda por causa de seu extraordinário vazio e sua negligência. De mobília, havia apenas uma estreita armação de ferro, que servia de cama, uma pia suja, uma pequena mesa, uma grande estante de livros, um suporte de ferro para partituras e três cadeiras antiquadas. Folhas de música estavam empilhadas desordenadamente pelo chão. As paredes eram de tábuas nuas e, provavelmente, nunca tinham recebido uma camada de verniz; ao passo que a abundância de poeira e de teias de aranha fazia o lugar parecer mais abandonado que habitado. Evidentemente, o mundo de beleza de Erich Zann residia em algum distante cosmos da imaginação.

Com um gesto, convidou-me para que me sentasse. O mudo fechou a porta, girou o grande ferrolho de madeira e acendeu uma vela, para aumentar a luz da outra que havia trazido com ele. Tirou, então, a viola[19] do estojo roído pelas traças e, acomodando-a entre os braços, sentou-se na menos desconfortável das cadeiras. Não utilizou a estante para partituras, mas, sem me oferecer escolha, e tocando de memória, encantou-me por mais de uma hora com melodias que eu nunca tinha ouvido antes; melodias que deviam ter sido compostas por ele mesmo. Descrever sua exata natureza é impossível para alguém que não é versado em música. Eram uma espécie de fuga, com passagens recorrentes da mais cativante qualidade, mas, para mim, eram notáveis pela ausência de qualquer uma das notas estranhas que eu tinha ouvido em outras ocasiões, de meu quarto abaixo.

---

19 Neste conto, o autor se refere à viola de braço, instrumento musical que se toca ao ombro, sustentado pelo braço, como o violino e, portanto, friccionando-se as cordas com um arco (N.T.)

Eu me lembrava daquelas notas assombrosas e, muitas vezes, tinha-as cantarolado e assobiado, incorretamente, para mim mesmo; então, quando o tocador finalmente largou o arco, perguntei-lhe se poderia tocar algumas delas. Diante de meu pedido, o rosto enrugado de sátiro perdeu a tranquilidade de prazer que possuía durante a execução e pareceu mostrar a mesma curiosa mistura de raiva e medo que eu havia notado quando abordei o velho pela primeira vez. Por um momento, tentei convencê-lo, considerando, sem pensar, os caprichos da senilidade; tentei, até mesmo, despertar o misterioso humor de meu anfitrião, assobiando alguns trechos das melodias que eu tinha ouvido na noite anterior. Mas não insisti por mais de um momento; pois, quando o músico mudo reconheceu a ária assobiada, seu rosto, de repente, ficou distorcido, com uma expressão que fugia inteiramente a qualquer análise; e sua mão direita, longa, fria e ossuda, estendeu-se para tapar minha boca e silenciar a grosseira imitação. Ao fazer isso, ele demonstrou ainda mais sua excentricidade, lançando um olhar alarmado em direção da única janela com cortinas, como se tivesse medo de algum intruso – um olhar duplamente absurdo, visto que o sótão ficava alto e inacessível, acima de todos os telhados adjacentes, sendo essa janela o único ponto na rua íngreme, como o zelador me havia dito, do qual se podia ver, do alto, por cima do muro.

O olhar do ancião trouxe à minha mente a observação de Blandot, e, com certo capricho, senti vontade de olhar para o amplo e impressionante panorama de telhados iluminados pela lua, bem como as luzes da cidade além do topo da colina, que, dentre todos os moradores da rua d'Auseil, apenas esse rabugento músico podia ver. Caminhei em direção à janela, e teria aberto as indescritíveis cortinas, quando, com uma raiva amedrontadora, ainda maior que a de antes, o mudo inquilino lançou-se sobre mim novamente; dessa vez, ele acenava com a cabeça para a porta, enquanto se esforçava, nervosamente, para me arrastar até lá com as duas mãos.

Totalmente aborrecido com meu anfitrião, ordenei-lhe que me soltasse, dizendo-lhe que sairia dali imediatamente. Ele tirou as mãos de mim e, quando viu que eu estava descontente e ofendido, sua própria raiva pareceu diminuir. Voltou a me agarrar, sem muita força, dessa vez de maneira amigável, forçando-me a sentar numa cadeira; depois, com uma expressão de ansiedade, dirigindo-se à mesa desarrumada, passou a escrever muitas palavras a lápis, num francês forçado, próprio de um estrangeiro.

O bilhete que, por fim, me entregou consistia em um apelo à tolerância e ao perdão. Zann disse que era velho, solitário e atormentado por estranhos medos e distúrbios nervosos, relacionados com sua música e com outras coisas. Apreciou o fato de que eu tivesse ouvido sua música e desejava que voltasse e não me importasse com suas excentricidades. Mas ele não podia tocar para outro suas estranhas harmonias, e não suportava ouvi-las de outro; nem suportava que algo em seu aposento fosse tocado por outra pessoa. Ele não sabia, até nossa conversa no corredor, que eu podia, de meu quarto, ouvir quando ele tocava; e, agora, pedia que eu combinasse com Blandot para que ele me cedesse um quarto mais abaixo, onde eu não pudesse ouvi-lo tocar durante a noite. Pagaria, escreveu ele, a diferença do aluguel.

Enquanto eu me demorava decifrando o horrível francês, senti-me mais tolerante com o ancião. Ele era vítima de distúrbios físicos e nervosos, como eu; e meus estudos de metafísica me haviam ensinado a bondade. No silêncio, veio um leve som da janela – a veneziana devia ter batido com o vento noturno, e, por alguma razão, eu estremeci, quase tão violentamente quanto Erich Zann. Por isso, ao terminar de ler o bilhete, apertei a mão de meu anfitrião e parti como amigo. No dia seguinte, Blandot me deu um quarto mais caro, no terceiro andar, entre os aposentos de um velho agiota e os de um respeitável tapeceiro. Ninguém morava no quarto andar.

Não tardou muito para que eu descobrisse que o entusiasmo de Zann por minha companhia não era tão grande quanto parecia enquanto ele estava me convencendo a mudar-me do quinto andar. Ele não me pedia para visitá-lo, e, quando eu ia, espontaneamente, até seu aposento, ele parecia inquieto e tocava de modo indiferente. Isso sempre acontecia à noite – durante o dia, ele dormia e não recebia ninguém. Minha amizade por ele não aumentou, embora o quarto do sótão e a misteriosa música parecessem exercer sobre mim um estranho fascínio. Tive um curioso desejo de olhar por aquela janela, por cima do muro e para baixo da invisível encosta, para os telhados e as torres cintilantes que deviam se espalhar lá fora. Uma vez, subi até o sótão durante o horário do teatro, quando Zann estava fora, mas a porta estava trancada.

O que realmente consegui fazer foi entreouvir as execuções noturnas do velho mudo. No início, eu subia na ponta dos pés até meu antigo quinto andar; depois, tornei-me suficientemente ousado para subir a última escada rangente até o sótão pontudo. Ali, naquele estreito *hall*, do lado de fora da porta trancada com o buraco da fechadura tampado, muitas vezes ouvi sons que me enchiam de um pavor indefinível – o pavor de vago fascínio e de inquietante mistério. Não que os sons fossem horrendos, pois não o eram. Mas tinham vibrações que em nada sugeriam que houvesse similares neste globo terrestre; e, em certos intervalos, assumiam uma qualidade sinfônica que eu dificilmente poderia imaginar como algo produzido por um músico. Certamente, Erich Zann era um gênio de extraordinária força. Conforme as semanas se passavam, a execução musical se tornava mais drástica, enquanto o velho músico se mostrava sempre mais decaído e antissocial, o que dava pena. Agora, recusava-se a me receber a qualquer hora, e evitava-me sempre que nos encontrávamos nas escadas.

Então, certa noite, enquanto eu escutava à porta, ouvi a viola estridente transformar-se numa caótica babel de sons; um pandemônio que teria me levado a duvidar de minha própria sanidade abalada, se não tivesse vindo, de trás daquela porta trancada, uma prova lamentável de que o horror era real – o horrendo e inarticulado grito que só um mudo pode emitir, e que surge apenas em momentos do mais terrível medo ou angústia. Bati várias vezes à porta, mas não obtive resposta. Depois, fiquei esperando no corredor escuro, tremendo de frio e de medo, até que ouvi o fraco esforço do pobre músico para se levantar do chão, com a ajuda de uma cadeira. Acreditando que, agora, ele estivesse consciente, depois de sofrer um desmaio, renovei minhas batidas, ao mesmo tempo em que dizia meu nome de forma tranquilizadora. Ouvi Zann cambalear até a janela, fechar a veneziana e o caixilho e, depois, dirigir-se aos tropeções até a porta, que ele destrancou com dificuldade, para me deixar entrar. Dessa vez, sua alegria ao me ver foi verdadeira, pois seu rosto contorcido brilhava de alívio, enquanto ele se agarrava em meu casaco como uma criança se agarra às saias da mãe.

Tremendo pateticamente, o ancião pediu que eu me sentasse numa cadeira, enquanto ele afundava em outra, ao lado da qual sua viola e seu arco jaziam, descuidadamente, no chão. Ficou sentado por algum tempo, inativo, balançando a cabeça de modo esquisito, mas dando a paradoxal impressão de que escutava algo de forma intensa e assustada. Logo depois, pareceu satisfeito e, dirigindo-se a uma cadeira perto da mesa, escreveu uma breve nota, que me entregou, e voltou à mesa, sobre a qual começou a escrever rápida e incessantemente. O bilhete me implorava, por pura compaixão e para o bem de minha própria curiosidade, que eu esperasse onde estava, enquanto ele preparava um relato completo, em alemão, de todas as maravilhas e terrores que o assaltavam. Esperei, e o lápis do mudo voava sobre o papel.

Foi talvez uma hora depois, enquanto eu ainda esperava e enquanto as folhas febrilmente escritas do velho músico ainda continuavam a se acumular, que vi Zann se assustar, como se fosse resultado de um choque horrível. Inegavelmente, ele estava olhando para a janela com as cortinas fechadas e escutando, dominado por estremecimentos. Então, imaginei ter ouvido um som, embora não fosse um som horrível, mas sim uma nota musical primorosamente baixa e infinitamente distante, dando a impressão de que um músico tocava numa das casas vizinhas, ou em alguma residência além do muro alto, por sobre o qual eu nunca tinha conseguido olhar. Em Zann, o efeito foi terrível, pois, deixando cair seu lápis, ele se levantou de repente, tomou a viola e começou a rasgar a noite com a execução mais selvagem que eu já tinha ouvido seu arco produzir, exceto quando o escutava atrás da porta trancada.

Seria inútil descrever a performance de Erich Zann naquela noite terrível. Era mais horrorosa que qualquer coisa que eu já tivesse ouvido, porque, agora, era possível ver a expressão de seu rosto e perceber que, dessa vez, o motivo era puro medo. Ele tentava fazer barulho, para afugentar ou abafar algo – o que podia ser eu não conseguia imaginar, embora pressentisse que devia ser algo aterrador. A execução tornou-se fantástica, delirante e histérica, mas manteve até o fim as qualidades de gênio supremo que eu sabia que esse estranho ancião possuía. Reconheci a ária – era uma dança húngara frenética, popular nos teatros, e refleti, por um momento, que era a primeira vez que eu ouvia Zann tocar a obra de outro compositor.

Cada vez mais altos, cada vez mais espantosos ficavam os

guinchos e gemidos daquela desesperada viola. O músico estava banhado de uma transpiração sinistra e se contorcia como um macaco, sempre olhando freneticamente para a cortina da janela. Em seus alucinados acordes, quase se podia entrever sombrios sátiros e bacantes, dançando e rodopiando, insanamente, entre abismos fervilhantes de nuvens, fumaça e relâmpagos. E, então, pensei ter ouvido uma nota mais aguda e constante, que não era da viola; uma nota calma, decidida, proposital e zombeteira, vinda de longe, do Oeste.

Nesse momento, a veneziana começou a bater com um uivante vento noturno, que soprava do lado de fora como se fosse em resposta à louca execução produzida lá dentro. A viola estridente de Zann agora se superava, emitindo sons que nunca pensei que uma viola pudesse emitir. A veneziana fez mais barulho e, destrancando-se totalmente, começou a bater com força contra a janela. Em seguida, as vidraças se estilhaçaram sob os impactos persistentes, e o vento frio entrou em lufadas, apagando as velas e fazendo as folhas de papel esvoaçar sobre a mesa em que Zann havia começado a escrever seu horrível segredo. Olhei para o ancião e percebi que ele estava totalmente imerso em si mesmo. Seus olhos azuis estavam esbugalhados, vidrados e ausentes, e o toque frenético se tornara uma orgia cega, mecânica e irreconhecível, que nenhuma caneta poderia sequer descrever.

Uma súbita rajada de vento, mais forte que as outras, apanhou o manuscrito, e o levava em direção à janela. Desesperado, segui as folhas que esvoaçavam, mas elas já tinham voado para fora, antes que eu pudesse chegar até as vidraças estilhaçadas. Então, lembrei-me de meu velho desejo de olhar por essa janela, a única da rua d'Auseil da qual se podia ver a encosta além do muro e a cidade esparramada lá embaixo. Estava muito escuro, mas as luzes da cidade ficavam sempre acesas, e eu esperava vê-las lá de cima, no meio da chuva e do vento. Ainda assim, quando olhei daquela janela, a mais alta de todas as janelas de empena, fitando o olhar enquanto as velas crepitavam e a alucinada viola uivava com o vento noturno, não vi nenhuma cidade estendida abaixo, e nenhuma luz amigável brilhava nas ruas de que me lembrava, mas apenas a escuridão de um espaço ilimitado; espaço inimaginável, cheio de movimento e música, e sem nenhuma semelhança com nada na terra. E, enquanto eu estava ali, contemplando, aterrorizado, o vento apagou as duas velas daquele antigo sótão pontiagudo, deixando-me numa escuridão selvagem e impenetrável diante do caos, do pandemônio e da loucura demoníaca daquela uivante viola noturna atrás de mim.

Cambaleando, fui recuando no escuro, sem meios de acender uma luz, batendo contra a mesa, derrubando uma cadeira; e, tateando, finalmente abri caminho até o lugar onde a escuridão vibrava com aquela música chocante. Para salvar a mim mesmo e a Erich Zann, eu poderia pelo menos tentar, quaisquer que fossem as forças que se opusessem a mim. Em dado momento, pensei que alguma coisa fria tivesse tocado em mim; e gritei, mas meu grito não pôde ser ouvido diante daquela horrorosa viola. De repente, no meio da escuridão, o desvairado arco me tocou, e percebi, então, que estava perto do músico. Tateei à frente, toquei no enconsto da cadeira de Zann e, em seguida, encontrei e sacudi os ombros dele, num esforço para fazê-lo retomar a consciência.

Ele não respondeu, e a viola continuava a gritar, sem moderar a fúria. Passei minhas mãos por sua cabeça, cujo balanço mecânico consegui interromper, e gritei em seu ouvido que deveríamos fugir das coisas desconhecidas da noite. Mas ele não me respondeu, nem diminuiu o frenesi de sua música indizível, enquanto, por todo o sótão, estranhas correntes de vento pareciam dançar na escuridão e na confusão. Quando minha mão tocou sua orelha, estremeci, embora não soubesse por quê – não sabia por que até que senti o rosto imóvel; rosto gelado, duro, sem respiração, com os olhos esbugalhados que fitavam inutilmente o vazio. E, então, por algum milagre, encontrando a porta e o grande ferrolho de madeira, disparei loucamente para longe daquela coisa de olhos vidrados no escuro e do uivo macabro daquela viola maldita, cuja fúria aumentava enquanto eu fugia.

Pulando, flutuando, voando por aquelas intermináveis escadas daquela casa escura; correndo descuidadamente para fora naquela rua estreita, íngreme e antiga de degraus e casas instáveis; descendo degraus e lajotas para as ruas mais baixas e para o rio pútrido e canalizado; atravessando, arfante, a grande ponte escura para as ruas e avenidas mais largas e saudáveis que conhecemos; todas essas são impressões terríveis que permanecem comigo. E eu me lembro de que não havia vento, que a lua brilhava e que todas as luzes da cidade cintilavam.

Apesar de minhas buscas e investigações mais cuidadosas, nunca mais consegui encontrar a rua d'Auseil. Mas não lamento, de forma alguma; nem por isso, nem pela perda em abismos inimagináveis das folhas escritas, as únicas que poderiam explicar a música de Erich Zann.

A CHAVE DE PRATA

Quando Randolph Carter tinha 30 anos, perdeu a chave do portão dos sonhos. Antes dessa época, ele tinha compensado a monotonia da vida com excursões noturnas a estranhas e antigas cidades além do espaço e a lindas e inacreditáveis terras ajardinadas, situadas do outro lado de mares celestes; mas, à medida que a meia-idade foi se impondo, sentiu essas liberdades esvaindo-se aos poucos, até que, por fim, ficou totalmente isolado de tudo. Suas galés não podiam mais navegar pelo rio Oukranos acima, passando pelas torres douradas de Thran, nem suas caravanas de elefantes podiam andar pelas selvas perfumadas em Kled, onde dormem palácios esquecidos, com colunas de marfim frisadas, belos e intactos, sob a lua.

Tinha lido muito a respeito de coisas como são na realidade, e tinha conversado com muitíssimas pessoas. Filósofos bem-intencionados o haviam ensinado a examinar as relações lógicas das coisas e a analisar os processos que moldam os pensamentos e as fantasias. O encanto desapareceu, e ele havia se esquecido de que toda a vida é apenas um conjunto de imagens no cérebro, não havendo diferença entre as nascidas de coisas reais e as nascidas de sonhos íntimos, tampouco havendo nenhuma razão para valorizar umas acima das outras. O hábito o havia inspirado uma reverência supersticiosa por aquilo que existe tangível e fisicamente, e o havia levado a envergonhar-se, secretamente, por viver em visões. Homens sábios haviam lhe dito que suas fantasias simples eram fúteis e infantis, e ainda mais absurdas porque seus atores persistem em imaginá-las cheias de significado e propósito, enquanto o cego cosmos se move sem rumo, do nada para algo e de algo para o nada novamente, sem dar atenção e sem conhecer os desejos ou a existência de mentes que piscam por um segundo, de vez em quando, na escuridão.

Eles o haviam acorrentado às coisas existentes e, em seguida, haviam explicado os funcionamentos dessas coisas até que o mistério tivesse desaparecido do mundo. Quando ele se queixou, e ansiava por fugir para os reinos do crepúsculo, nos quais a magia moldava todos os pequenos fragmentos da vida e estimulava associações de sua mente para paisagens de ansiosa expectativa e insaciável prazer, em vez disso, eles o direcionaram para os recém-descobertos prodígios da ciência, pedindo-lhe que encontrasse maravilhas no turbilhão do átomo e mistério nas dimensões do céu. E, quando ele não conseguiu encontrar essas bênçãos em coisas cujas leis são conhecidas e comprováveis, eles lhe disseram que lhe faltava imaginação e que era imaturo, porque preferia as ilusões dos sonhos às ilusões de nossa criação física.

Por isso, Carter tentou fazer como os outros, e fingiu que os acontecimentos e as emoções comuns das mentes terrenas eram mais importantes que as fantasias de almas raras e delicadas. Não discordou quando lhe disseram que a dor animal de um porco esfaqueado ou de um lavrador com problemas de digestão, na vida real, é maior que a beleza incomparável de Narath, com seus cem portões esculpidos e as cúpulas de calcedônia, que ele vagamente lembrava de seus sonhos; e, sob a orientação desses eruditos, cultivava um perfeito senso de piedade e de tragédia.

De vez em quando, porém, não conseguia deixar de ver como são superficiais, inconstantes e sem sentido todas as aspirações humanas, e como nossos impulsos reais contrastam inutilmente com os ideais grandiosos que afirmamos sustentar. Então, teria de recorrer ao educado riso que lhe haviam ensinado a usar contra a extravagância e a artificialidade dos sonhos, pois via que a vida cotidiana de nosso mundo é, em cada centímetro, igualmente extravagante e artificial, e muito menos digna de respeito, por causa de sua pobreza em beleza e de sua tola resistência a admitir sua própria falta de razão e de propósito. Desse modo, tornou-se uma espécie de humorista, pois não via que mesmo o humor é vazio num universo sem espírito, que não tem nenhum padrão verdadeiro de consistência ou de inconsistência.

Nos primeiros dias de sua escravidão, ele havia se voltado para a amável fé eclesial, que lhe era valorizada pela ingênua confiança de seus pais, pois, dali, estendiam-se místicas avenidas que pareciam prometer uma fuga da vida. Apenas numa visão mais aprofundada, chegou a perceber a falta de fantasia e beleza, a banalidade antiquada e trivial, a seriedade patética e as grotescas reivindicações de incontestável verdade que reinavam, tediosa e esmagadoramente, entre a maioria de seus professores; ou sentiu, da maneira mais profunda, a inabilidade com que se procurava manter vivos, como fato literal, os medos e as suposições superados de uma raça primitiva que enfrenta o desconhecido. Carter entediava-se ao ver como as pessoas tentavam, solenemente, decifrar a realidade terrena a partir de velhos mitos que, a cada passo, sua ostensiva ciência desmentia, e essa seriedade inadequada destruiu o apego que ele poderia ter mantido pelos antigos credos, se estes tivessem se contentado em oferecer os rituais sonoros e os desabafos emocionais em seu verdadeiro disfarce de fantasia espiritual.

Mas, quando passou a estudar aqueles que haviam se livrado dos velhos mitos, achou-os ainda mais desagradáveis que os que não o haviam feito. Eles não sabiam que a beleza está na harmonia e que a beleza da vida não tem padrão no meio de um cosmos sem objetivo, com exceção, apenas, de sua harmonia com os sonhos e os sentimentos que existiram antes e que, cegamente, moldaram nossas pequenas esferas a partir do resto do caos. Não viam que o bem e o mal, a beleza e a feiura são apenas efeitos decorativos de perspectiva, cujo único valor está em sua ligação com o que o acaso fez nossos pais pensar e sentir, e cujos detalhes mais sutis são diferentes para cada raça e cultura. Em vez disso, negavam totalmente essas coisas, ou as transferiam para os rudes e vagos instintos que compartilhavam com os animais e os camponeses, de modo que sua vida se arrastava malcheirosa em dor, feiura e desproporção, embora cheia de um ridículo orgulho por terem escapado de algo não mais doentio que aquilo que ainda os mantinha. Eles haviam trocado os falsos deuses do medo e da piedade cega por aqueles do exagero e da anarquia.

Carter não apreciava muito essas liberdades modernas, pois sua vulgaridade e imoralidade causavam repulsa a um espírito amante apenas da beleza, enquanto sua razão se rebelava contra a frágil lógica com que seus defensores tentavam abrilhantar um impulso bruto com uma sacralidade tomada dos ídolos que haviam descartado. Via que a maioria deles, em comum com seu desacreditado sacerdócio, não podia escapar da ilusão de que a vida tem um significado diferente daquele que os homens sonham; e não conseguia deixar de lado a crua ideia de ética e de obrigações além daquelas de beleza, mesmo quando toda a natureza gritava sua inconsciência e amoralidade impessoal à luz das descobertas científicas. Desvirtuados e intolerantes com preconcebidas ilusões de justiça, liberdade e consistência, eles abandonaram a antiga tradição e os antigos costumes com as antigas crenças; nunca pararam para pensar que essa tradição e esses costumes eram os únicos criadores de seus presentes pensamentos e julgamentos, e os únicos guias e padrões num universo sem sentido, sem objetivos fixos nem pontos de referência estáveis. Depois de perder essas ambientações artificiais, sua vida ficou sem direção nem interesse dramático, até que, por fim, eles se esforçaram para afogar seu tédio em agitação e pretensa utilidade, barulho e excitação, exibição bárbara e sensação animal. Quando essas coisas os satisfizeram, os desiludiram ou os deixaram enojados, por meio da repulsa eles passaram a cultivar a ironia e a amargura, encontrando falhas na ordem social. Jamais conseguiram perceber que seus rudes fundamentos eram tão instáveis e contraditórios quanto os deuses de seus antepassados, e que a satisfação de um momento é a ruína do seguinte. A beleza tranquila e duradoura só aparece em sonho, e esse consolo o mundo jogou fora quando, em sua adoração do real, jogou fora os segredos da infância e da inocência.

No meio desse caos de vazio e inquietação, Carter tentou viver como convinha a um homem de pensamento aguçado e de boa herança. Com seus sonhos extiguindo-se sob o ridículo da época, não conseguia acreditar em mais nada, mas o amor pela harmonia o mantinha perto dos caminhos de sua raça e posição social. Caminhava, indiferente, pelas cidades dos homens, e suspirava, porque nenhuma vista parecia totalmente real; porque cada lampejo da luz amarela do sol nos altos telhados e cada vislumbre de praças com balaustradas nas primeiras lâmpadas da noite serviam apenas para lembrá-lo de sonhos que um dia conhecera e para deixá-lo com saudade de terras celestes, que não sabia mais como encontrar. Viajar era apenas uma ironia; e mesmo a Grande Guerra não o comoveu muito, embora tivesse servido, desde o início, na Legião Estrangeira da França. Por um tempo, procurou amigos, mas logo se cansou da crueza de suas emoções e da mesmice e da vulgaridade de sua visão. Sentiu-se vagamente feliz por todos os seus parentes estarem distantes e sem contato com ele, pois não teriam entendido sua vida mental. Isto é, ninguém além de seu avô e de seu tio-avô Christopher, mas eles tinham morrido havia muito tempo.

Então, começou, de novo, a escrever livros, que havia interrompido quando os sonhos o deixaram pela primeira vez. Mas, também nisso, não encontrou satisfação nem realização, pois o toque terreno estava em sua mente, e ele não conseguia pensar em coisas lindas como antes. O humor irônico demolia todos os minaretes crepusculares que ele criava, e o medo terreno da improbabilidade secava todas as delicadas e surpreendentes flores em seus jardins de fadas. A suposta convenção de piedade espalhava monotonia em seus personagens, enquanto o mito de uma realidade importante, de acontecimentos humanos significativos e de emoções arruinavam toda a sua elevada fantasia em velada alegoria e sátira social barata. Seus novos romances foram muito mais bem-sucedidos que os antigos; e, como ele sabia que tinham de ser vazios para agradar a um rebanho vazio, queimou-os e parou de escrever. Eram romances muito graciosos, nos quais ele ria gentilmente dos sonhos que esboçava de leve, mas percebeu que a sofisticação deles havia minado toda a sua vida.

Foi depois disso que cultivou a consciente ilusão e mergulhou nas ideias do bizarro e do excêntrico, como antídoto para o lugar--comum. A maioria dessas ideias, no entanto, logo mostraram sua pobreza e improdutividade; e ele viu que as doutrinas populares de ocultismo são tão áridas e inflexíveis quanto as da ciência, ainda que sem o frágil atenuante da verdade para redimi-las. Estupidez grosseira, falsidade e pensamento confuso não são sonhos; e não constituem fuga da vida para uma mente treinada acima do próprio nível delas. Por isso, Carter comprou livros mais estranhos, procurou homens mais profundos e terríveis de erudição fantástica, mergulhou nos arcanos da consciência que poucos percorreram e aprendeu coisas sobre as profundezas secretas da vida, das lendas e da antiguidade imemorial, que o perturbaram para sempre. Decidiu viver num plano mais raro, e mobiliou sua casa em Boston para se adequar à mudança de seus humores; um cômodo para cada um deles, pintado em cores apropriadas, equipado de livros e objetos condizentes e provido de fontes das sensações adequadas de luz, calor, som, gosto e odor.

Certa vez, ouviu falar de um homem, no sul, que era evitado e temido pelas coisas blasfemas que lia em livros pré-históricos e em tabuletas de argila contrabandeadas da Índia e da Arábia. Ele o visitou, passou a morar com ele e a compartilhar seus estudos por sete anos, até que o horror os surpreendeu, numa meia-noite, num cemitério desconhecido e antigo, e apenas um saiu de onde dois haviam entrado. Em seguida, voltou para Arkham, a terrível e antiga cidade assombrada por bruxas, de seus antepassados na Nova Inglaterra, e teve experiências na escuridão, no meio dos velhos salgueiros e dos telhados inclinados e instáveis, o que o fez lacrar para sempre certas páginas do diário de um tresloucado antepassado. Mas esses horrores levaram-no apenas até o limite da realidade, e não eram do verdadeiro país dos sonhos que conhecera na juventude; de modo que, aos 50 anos, Carter perdeu a esperança de encontrar qualquer descanso ou contentamento num mundo que se tornara ocupado demais para a beleza e inteligente demais para os sonhos.

Tendo percebido, afinal, o vazio e a futilidade das coisas reais, Carter passava seus dias em isolamento e em tristes e desconexas lembranças de sua juventude cheia de sonhos. Achava uma bobagem dar-se ao trabalho de continuar vivendo, e conseguiu, de um conhecido sul-americano, um líquido muito curioso, para levá-lo ao esquecimento, sem sofrer. A inércia e a força do hábito, contudo, levaram-no a adiar a ação e a demorar-se na vida, totalmente indeciso, entre pensamentos dos velhos tempos, retirando as estranhas tapeçarias das paredes e redecorando a casa como ela era em sua juventude – painéis de cor púrpura, mobília vitoriana e tudo o mais.

Com o passar do tempo, quase se sentia feliz por ter permanecido ali, pois suas relíquias da juventude e sua separação do mundo faziam com que a vida e a sofisticação parecessem muito distantes e irreais; tanto que um toque de magia e expectativa voltou a seu sono noturno. Durante anos, aquele sono conheceu apenas os reflexos distorcidos das coisas cotidianas, como os sonos mais comuns conhecem, mas agora retornava um brilho de algo mais estranho e selvagem; algo de uma proximidade vagamente impressionante, que assumiu a forma de imagens tensamente nítidas de sua infância, e que o fazia pensar em pequenas coisas inconsequentes, que havia esquecido fazia muito tempo. Muitas vezes, costumava acordar chamando a mãe e o avô, ambos em seus túmulos havia um quarto de século.

Então, uma noite, seu avô lembrou-o da chave. O velho e grisalho sábio, tão real quanto em vida, falou longa e seriamente de sua linhagem ancestral e das estranhas visões dos delicados e sensíveis homens que a compunham. Falou do Cruzado de olhos flamejantes, que aprendeu os fabulosos segredos dos sarracenos que o mantinham cativo; falou também do primeiro *sir* Randolph Carter, que estudou magia quando Elizabeth era rainha. Falou ainda daquele Edmund Carter, que acabara de escapar da forca no caso das bruxarias de Salem e que acomodara, numa antiga caixa, uma grande chave de prata, legado de seus ancestrais.

Antes de Carter acordar, o amável visitante havia revelado o local onde encontrar aquela caixa; aquela caixa de carvalho, esculpida de antigo e maravilhoso formato, cuja grotesca tampa não tinha sido levantada por mão alguma, havia dois séculos.

No meio da poeira e das sombras do grande sótão, ele a encontrou, isolada e esquecida no fundo da gaveta de um alto cofre. Tinha cerca de 30 centímetros quadrados, e as esculturas góticas eram tão assustadoras que ele não se surpreendeu que ninguém, desde Edmund Carter, tivesse ousado abri-la. Não fez barulho algum quando sacudida, mas exalava um odor místico de especiarias esquecidas. Que houvesse dentro dela uma chave não passava de lenda obscura, e o pai de Randolph Carter jamais soubera da existência dessa caixa. Estava envolta em ferro já enferrujado, e não havia meio de descobrir como destrancar a formidável fechadura. Carter compreendeu, vagamente, que encontraria, dentro, dela uma chave para o perdido portão dos sonhos, mas o avô não havia lhe dito nada sobre onde e como usá-la.

Um velho criado forçou a tampa esculpida, tremendo, ao fazê-lo, diante dos rostos horríveis que olhavam da madeira enegrecida e com alguma familiaridade incomum. Dentro, embrulhada num pergaminho descolorido, estava uma enorme chave de prata sem brilho, coberta de misteriosos arabescos, mas sem nenhuma explicação legível. O pergaminho era volumoso e continha apenas os estranhos hieróglifos de uma língua desconhecida, escritos com um antigo junco. Carter reconheceu os caracteres como aqueles que tinha visto num certo rolo de papiro, pertencente àquele terrível estudioso do sul que havia desaparecido à meia-noite num desconhecido cemitério. O homem sempre estremecia ao ler esse pergaminho, e agora Carter estremecia também.

Mas lustrou a chave e manteve-a a seu lado todas as noites, na aromática caixa de carvalho antigo. Enquanto isso, seus sonhos se intensificavam em vivacidade e, embora não lhe mostrassem nenhuma das cidades estranhas e dos jardins incríveis de antigamente, assumiam um aspecto definido, cujo objetivo era transparente. Eles o chamavam de volta a muitos anos passados, e com as vontades mescladas de todos os seus antepassados, que o impulsionavam para algum lugar de origem oculta e ancestral. Então, percebeu que deveria entrar no passado e misturar-se com coisas antigas, e, dia após dia, pensava nas colinas ao norte, onde se localizavam a assombrada Arkham, o impetuoso rio Miskatonic e a solitária e rústica casa de sua gente.

No brilho enfraquecido do outono, Carter tomou o antigo caminho de que se lembrava, passando por linhas graciosas de colinas onduladas e prados cercados de muros de pedra, pelo distante vale e pela mata suspensa, pela estrada curva, pela aconchegante fazenda e pelas curvas cristalinas do Miskatonic, cruzado, aqui e acolá, por rústicas pontes de madeira ou de pedra. Numa curva, viu o grupo de olmos gigantes entre os quais um ancestral havia desaparecido, misteriosamente, um século e meio antes, e estremeceu quando o vento soprou de modo significativo por entre eles. Em seguida, havia a casa de fazenda, em ruínas, do velho bruxo Goody Fowler, com suas pequenas janelas malignas e o grande telhado inclinado quase até o solo, no lado norte. Acelerou o carro ao passar por ela, e só diminuiu a velocidade depois de ter subido a colina em que sua mãe e os pais dela nasceram, e em que a velha casa branca ainda olhava, com orgulho, para o outro lado da estrada, para o magnífico e adorável panorama da encosta rochosa e do verdejante vale, com os distantes picos de Kingsport no horizonte, e sugestões do mar antigo e carregado de sonhos no plano bem mais distante.

Então, surgiu a encosta mais íngreme, na qual se situava a antiga propriedade dos Carters, que ele não via fazia mais de

40 anos. A tarde caíra fazia tempo quando ele chegou ao sopé da encosta e, depois da curva, a meio caminho da subida, parou para admirar a extensa área dourada e glorificada nas oblíquas ondas de magia espalhadas por um sol poente. Toda a estranheza e a expectativa de seus sonhos recentes pareciam presentes nessa silenciosa e celestial paisagem; e ele pensou na desconhecida solidão de outros planetas, enquanto seus olhos percorriam os aveludados e desertos gramados, que brilhavam, ondulantes, entre muros desmoronados e arvoredos de uma floresta deslumbrante, ressaltando silhuetas distantes de sucessivas colinas avermelhadas e o espectral vale arborizado, que mergulhava nas sombras rumo a úmidas cavidades, em que águas gotejantes murmuravam e gorgolejavam entre raízes inchadas e retorcidas.

Alguma coisa fez com que ele sentisse que motores não faziam parte do reino que procurava; por isso, deixou o carro na beira da floresta e, colocando a grande chave no bolso do casaco, foi caminhando colina acima. A floresta, agora, envolvia-o totalmente, embora ele soubesse que a casa ficava numa elevação sem árvores, exceto no lado norte. Carter se perguntou como ela estaria, pois tinha ficado vazia e descuidada, por negligência, desde a morte de seu estranho tio-avô Christopher, 30 anos antes. Na juventude, ele havia se divertido ali, com longas visitas, e havia descoberto estranhas maravilhas nas matas além do pomar.

As sombras tornaram-se mais grossas em torno dele, pois a noite estava próxima. A certa altura, uma brecha nas árvores abriu-se, à direita, de modo que chegava a descortinar quilômetros de prados ao anoitecer, e ele avistou o antigo campanário da Congregação na Central Hill, em Kingsport – rosado com o último clarão do dia, as vidraças das pequenas janelas redondas brilhando com o fogo refletido. Então, quando penetrou novamente nas sombras, lembrou-se, com um sobressalto, que o vislumbre devia ter vindo apenas da memória infantil, uma vez que a velha igreja branca, havia muito, tinha sido demolida, para dar lugar ao Hospital Congregacional. Tinha lido sobre isso com interesse, pois o jornal falava sobre algumas covas ou passagens estranhas encontradas debaixo da colina rochosa.

Em meio à sua perplexidade, uma voz ecoou, e ele teve novo sobressalto com a familiaridade dela, depois de longos anos. O velho Benijah Corey tinha sido empregado de seu tio Christopher, e já era idoso mesmo naqueles tempos distantes de suas visitas juvenis. Agora, devia ter bem mais de 100 anos, mas aquela voz estridente não podia vir de mais ninguém. Carter não conseguia distinguir as palavras, mas o tom era assustador e inconfundível. E pensar que o "Velho Benijy" ainda estava vivo!

"Sr. Randy! Sr. Randy! Onde é que está? Quer matar de medo sua tia Marthy? Ela não lhe pediu para ficar perto de casa à tarde e voltar antes do anoitecer? Randy! Ran...dy!... É o garoto que mais gosta de se meter pelos matos que já vi; metade do tempo sonhando em torno daquela toca de cobras mata adentro!... Ei, Ran...dy!"

Randolph Carter parou na escuridão total e esfregou os olhos com a mão. Havia algo de estranho. Estava num lugar em que não deveria estar; tinha se desviado muito para lugares em que não deveria ter pisado, e agora era indesculpavelmente tarde. Não tinha visto a hora no campanário de Kingsport, embora pudesse tê-lo feito, facilmente, com seu telescópio de bolso; mas ele sabia que seu atraso era algo muito estranho e sem precedentes. Não tinha certeza se estava com seu pequeno telescópio; colocou a mão no bolso da blusa para verificar. Não, não estava lá, mas ali estava a grande chave de prata, que encontrara numa caixa, em algum lugar. Uma vez, o tio Chris havia lhe contado algo estranho sobre uma velha caixa fechada com uma chave dentro, mas a tia Martha havia interrompido a história, abruptamente, dizendo que não era o tipo de coisa para contar a uma criança, cuja cabeça já estava cheia demais de fantasias esquisitas. Carter tentou lembrar-se do local em que havia encontrado a chave, mas algo parecia muito confuso. Achava que tivesse sido no sótão de sua casa em Boston, e recordava-se, vagamente, de ter subornado Parks com metade da mesada, para que o ajudasse a abrir a caixa e guardar segredo a respeito; mas, quando se lembrou disso, o rosto de Parks mostrou-se muito estranho, como se rugas de longos anos tivessem caído sobre o esperto e pequeno londrino.

"Ran...dy! Ran...dy! Oi! Oi! Randy!"

Uma lanterna oscilante contornou a curva escura, e o velho Benijah lançou-se sobre a forma silenciosa e perplexa do peregrino.

"Garoto danado, então você está aí! Não tem língua nessa sua cabeça, que não pode responder a alguém! Faz meia hora que estou chamando, e você deve ter me ouvido há muito tempo! Não sabe que sua tia Marthy fica toda aflita, sabendo que você está aqui fora depois de escurecer? Espere até eu contar a seu tio Chris, quando ele chegar em casa! Já devia saber que essas matas não são lugar adequado para passear a essa hora! Há coisas, por aqui fora, que não fazem bem a ninguém, como meu avô sabia antes de mim. Vamos, sr. Randy, ou Hannah não vai guardar o jantar por mais tempo!"

Assim, Randolph Carter foi levado pela estrada em que maravilhosas estrelas brilhavam através dos altos ramos do outono. E os cães latiam quando a luz amarela das janelas de vidraças pequenas brilhava na curva mais distante, e as Plêiades cintilavam através da colina aberta, na qual um grande telhado de madeira se erguia, enegrecido contra o escuro poente. A tia Martha estava na porta e não ralhou muito quando Benijah empurrou o vadio para dentro. Ela conhecia muito bem o tio Chris para esperar essas coisas do sangue que corria nas veias dos Carter. Randolph não mostrou a chave, mas jantou em silêncio, e só protestou quando chegou a hora de se deitar. Às vezes, sonhava melhor quando acordado, e queria usar essa chave.

De manhã, Randolph acordou cedo, e teria corrido para o bosque superior, se o tio Chris não o tivesse segurado e forçado a sentar-se na cadeira, junto à mesa do café da manhã. Olhou, impacientemente, ao redor da sala de teto baixo com o tapete de retalhos, vigas expostas e pilares de canto, e sorriu apenas quando os galhos das plantas do pomar arranharam as vidraças da janela dos fundos. As árvores e as colinas estavam perto dele e formavam os portões daquele reino atemporal, que era seu verdadeiro território.

Então, quando se viu livre, enfiou a mão no bolso da blusa, à procura da chave; e, tranquilizado ao apalpá-la, saiu correndo aos saltos através do pomar, em direção da elevação mais além, na qual a colina arborizada subia, novamente, para alturas acima até mesmo daquela elevação sem árvores. O chão da floresta era musgoso e misterioso, e grandes rochas cobertas de líquen erguiam-se vagamente, aqui e acolá, na luz fraca, como monólitos druidas, entre os troncos grossos e retorcidos de um bosque sagrado. Uma vez em sua subida, Randolph cruzou um riacho cujas cascatas, um pouco mais adiante, cantavam encantamentos rúnicos para os faunos, os egipãs[20] e as dríades à espreita.

Chegou, então, à estranha caverna na encosta da floresta, a temida "cova das cobras", que os camponeses evitavam e da qual Benijah o alertara repetidas vezes. Era profunda, muito mais profunda que qualquer um, exceto Randolph, suspeitava; pois o menino havia encontrado uma fissura, no canto negro mais dis-

---

20 Na mitologia grega, egipã é um pã (divindade) que assumiu a forma de um bode com cauda de peixe (N.T.).

tante, que levava a uma gruta mais elevada – um lugar sepulcral assustador, cujas paredes de granito continham uma curiosa ilusão de armadilha consciente. Nessa ocasião, entrou engatinhando, como de costume, iluminando o caminho com fósforos roubados da sala de estar e avançando pela última fenda, com uma ansiedade difícil de explicar até para si mesmo. Não sabia dizer por que se aproximou da parede mais distante com tanta confiança, ou por que, ao fazê-lo, instintivamente tirou do bolso a grande chave de prata. Mas avançou mais, e, quando voltou dançando para casa, naquela noite, não deu desculpas pelo atraso, nem deu ouvidos às reprovações que recebeu por ignorar completamente o toque do sino para a hora do almoço.

Agora, todos os parentes distantes de Randolph Carter concordavam que algo aconteceu para aumentar a imaginação dele quando tinha 10 anos. Seu primo Ernest B. Aspinwall, de Chicago, dez anos mais velho que Randolph, lembra, com clareza, uma mudança no menino depois do outono de 1883. Randolph tinha visto cenas de fantasia que poucos outros poderiam ter observado, e mais estranhas ainda eram algumas das qualidades que ele demonstrava em relação a coisas muito mundanas. Parecia, enfim, ter adquirido um estranho dom de profecia; e reagia de forma incomum a coisas que, embora, na época, não fizessem sentido, seriam, mais tarde, demonstradas capazes de justificar as singulares impressões. Nas décadas subsequentes, à medida que novas invenções, novos nomes e novos eventos apareciam, um por um, no livro de história, as pessoas, de vez em quando, se recordavam, maravilhadas, de como Carter, anos antes, deixara escapar alguma palavra descuidada de conexão indubitável com o que se encontrava, então, bem distante no futuro. Ele mesmo não entendia essas palavras, nem sabia por que certas coisas o faziam sentir certas emoções; mas imaginava que algum sonho esquecido devia ser o responsável de tudo isso. Já em 1897, ele empalidecia quando um viajante mencionava a cidade francesa de Belloy-en-Santerre, e amigos lembraram-se, depois, de quando ele fora quase mortalmente ferido ali, em 1916, enquanto servia na Legião Estrangeira na Grande Guerra.

Os parentes de Carter falam muito sobre essas coisas, porque ele desapareceu faz pouco tempo. O pequeno e velho criado Parks, que, por anos, suportou pacientemente as excentricidades de Randolph, viu-o pela última vez na manhã em que partiu sozinho em seu carro, com uma chave que encontrara recentemente. Parks o havia ajudado a retirar a chave de dentro da velha caixa, e sentiu-se estranhamente afetado pelos grotescos entalhes na caixa e por alguma outra estranha característica que não conseguia descrever. Ao partir, Carter tinha dito que iria visitar sua velha terra ancestral, nos arredores de Arkham.

Na metade do caminho pela Montanha Elm acima, em direção das ruínas da antiga propriedade dos Carters, seu carro foi encontrado estacionado cuidadosamente à beira da estrada; e, dentro dele, havia uma caixa de madeira perfumada, com entalhes que assustaram os camponeses que a viram. A caixa continha apenas um estranho pergaminho, cujos caracteres nenhum linguista ou paleógrafo foi capaz de decifrar ou identificar. A chuva tinha apagado, havia muito tempo, qualquer pegada possível, embora os investigadores de Boston tivessem algo a dizer sobre evidências de deslocamentos entre as madeiras caídas da propriedade dos Carters. Era, afirmaram eles, como se alguém tivesse tateado as ruínas, num período não muito distante. Um lenço branco comum, encontrado entre as rochas da floresta na encosta, não pôde ser identificado como pertencente ao homem desaparecido.

Fala-se em repartir os bens de Randolph Carter entre seus herdeiros, mas devo opor-me firmemente a essa atitude, porque não acredito que ele esteja morto. Existem reviravoltas de tempo e espaço, de visão e realidade, que só um sonhador pode adivinhar; e, pelo que sei de Carter, acho que ele apenas encontrou uma maneira de atravessar esses labirintos. Se vai voltar ou não, isso não posso dizer. Ele queria as terras dos sonhos que havia perdido, e ansiava pelos dias de sua infância. Então, encontrou uma chave, e, de alguma forma, acredito que conseguiu usá-la para estranhos objetivos.

Vou lhe perguntar, ao encontrá-lo, pois espero vê-lo em breve, numa certa cidade dos sonhos que ambos costumávamos visitar. Há rumores em Ulthar, além do rio Skai, de que um novo rei subiu ao trono de opala de Ilek-Vad, aquela fabulosa cidade de torres no topo dos penhascos côncavos de cristal com vista para o mar crepuscular, em que os *Gnorri*, seres barbudos e providos de barbatanas, constroem seus singulares labirintos, e creio saber interpretar esses rumores. Com toda a certeza, aguardo, com impaciência, a visão daquela grande chave de prata, pois em seus misteriosos arabescos podem estar simbolizados todos os objetivos e mistérios de um cosmos cegamente impessoal.

O TEMPLO

MANUSCRITO ENCONTRADO
NA COSTA DE YUCATÁN

No dia 20 de agosto de 1917, eu, Karl Heinrich, conde de Altberg-Ehrenstein, tenente comandante da Marinha Imperial Alemã, no comando do submarino *U-29*, deposito esta garrafa com este registro no Oceano Atlântico, num ponto que me é desconhecido, mas provavelmente próximo de 20 graus de Latitude Norte e 35 graus de Longitude Oeste, onde minha nave avariada repousa, no fundo do oceano. Faço isso em virtude de meu desejo de expor ao público certos fatos incomuns; algo que, provavelmente, não haverei de sobreviver para relatar pessoalmente, uma vez que as circunstâncias que me cercam são tão ameaçadoras quanto extraordinárias, e envolvem não somente a paralisação total do U-29, mas também o comprometimento mais desastroso de minha vontade de ferro alemã.

Na tarde de 18 de junho, conforme foi transmitido por telégrafo ao *U-61*, que seguia para Kiel, torpedeamos o cargueiro britânico *Victory*, que rumava de Nova York para Liverpool, em 45 graus e 16 minutos de Latitude Norte e 28 graus e 34 minutos de Longitude Oeste, permitindo que a tripulação saísse em barcos, a fim de obter boas tomadas, em filme, para os registros do almirantado. O navio afundou de maneira pitoresca, primeiro a proa, com a popa erguendo-se bem alto acima da água, enquanto o casco mergulhava perpendicularmente para o fundo do mar. Nossa câmera não perdeu nada, e lamento que um rolo de filme tão bom nunca chegue a Berlim. Depois disso, afundamos os botes salva-vidas com nossos canhões e submergimos.

Quando subimos à superfície, no fim da tarde, encontramos no convés o corpo de um marinheiro, com as mãos agarradas ao parapeito de maneira curiosa. O pobre sujeito era jovem, bastante moreno e muito bonito, provavelmente italiano ou grego e, sem dúvida, da tripulação do *Victory*. Evidentemente, havia procurado refúgio na própria embarcação que fora forçada a destruir a sua – mais uma vítima da injusta guerra de agressão que os porcos ingleses estão travando contra nossa pátria. Nossos homens o revistaram, em busca de lembranças, e encontraram, no bolso do casaco, um pedaço muito estranho de marfim esculpido, representando a cabeça de uma jovem coroada com louro. Meu colega, o tenente Kienze, acreditava que a coisa era muito antiga e de grande valor artístico; por isso, tirou-a dos homens e guardou-a para si. Como tinha chegado à posse de um marinheiro comum nem ele nem eu podíamos imaginar.

Quando o morto foi lançado ao mar, ocorreram dois incidentes que provocaram profunda perturbação entre os tripulantes. Os olhos do moço estavam fechados, mas, quando ele foi arrastado para a amurada, abriram-se, e muitos tiveram a estranha ilusão de que olhavam firme e zombeteiramente para Schmidt e Zimmer, que estavam debruçados sobre o cadáver. O contramestre Müller, um homem de idade, que deveria ser mais esperto se não fosse um supersticioso suíno alsaciano, ficou tão impressionado com essa sensação que ficou observando o corpo na água; e jurou que, depois de afundar um pouco, ele estirou os membros para uma posição de nado e afastou-se, velozmente, sob as ondas, rumando para o sul. Kienze e eu não gostamos dessas demonstrações de ignorância camponesa, e repreendemos severamente os homens, especialmente Müller.

No dia seguinte, criou-se uma situação muito incômoda, com a indisposição de alguns membros da tripulação. Eles encontravam-se, evidentemente, com os nervos tensos, por causa de nossa longa viagem, e queixavam-se de pesadelos. Vários pareciam bastante confusos e insatisfeitos; depois de me certificar de que não estavam fingindo fraqueza, eu os dispensei de suas tarefas. O mar estava bastante agitado; por isso, descemos a uma profundidade em que as ondas eram menos violentas. Ali estávamos, relativamente tranquilos, apesar de uma corrente um tanto intrigante para o sul, que não pudemos identificar em nossas cartas oceanográficas. Os gemidos dos doentes eram realmente irritantes, mas, como não pareciam diminuir o moral do resto da tripulação, não recorremos a medidas extremas. Nosso plano era permanecer onde estávamos e interceptar o vapor de carreira *Dacia*, mencionado em informações de agentes em Nova York.

Logo ao anoitecer, subimos à superfície e descobrimos que o mar estava menos agitado. A fumaça de um navio de guerra aparecia no horizonte, ao norte, mas nossa distância e nossa capacidade de submergir nos deixaram seguros. O que nos preocupava mais era a fala do contramestre Müller, que ia ficando cada vez mais confusa à medida que a noite avançava. Ele se encontrava num estado detestavelmente infantil, e balbuciava algo sobre a visão de cadáveres que passavam pelas vigias submersas, corpos que olhavam intensamente para ele e que Müller reconhecia, apesar do inchaço, como sendo de pessoas que tinha visto morrer durante algumas de nossas vitoriosas campanhas alemãs. E dizia que o jovem que havíamos encontrado e jogado ao mar era o líder deles. Isso era, de fato, repulsivo e anormal; por isso, algemamos e confinamos o contramestre e mandamos que fosse chicoteado com rigor. Os homens não ficaram nada satisfeitos com essa punição, mas a disciplina devia ser mantida. Negamos, também, o pedido de uma delegação, chefiada pelo marinheiro Zimmer, para que a curiosa cabeça esculpida em marfim fosse lançada ao mar.

No dia 20 de junho, os marujos Bohin e Schmidt, que tinham estado doentes no dia anterior, ficaram doidos e violentos. Lamentei que nenhum médico tivesse sido incluído em nosso grupo de oficiais, uma vez que a vida dos alemães é preciosa; mas os constantes delírios dos dois, a respeito de uma terrível maldição, subvertiam perigosamente a disciplina, de modo que medidas drásticas foram tomadas. A tripulação aceitou o fato de forma melancólica, mas aquilo pareceu acalmar Müller, que, daí em diante, não nos causou mais problemas. À noite, nós o liberamos, e ele passou a cumprir suas obrigações em silêncio.

Na semana seguinte, estávamos todos muito nervosos, à espera do *Dacia*. A tensão foi agravada pelo desaparecimento de Müller e de Zimmer, que, sem dúvida, cometeram suicídio, em decorrência do medo que parecia atormentá-los, embora ninguém os tivesse visto jogando-se ao mar. Fiquei bastante contente por me livrar de Müller, pois até mesmo seu silêncio afetava desfavoravelmente a tripulação. Todos pareciam dispostos a ficar em silêncio agora, como se fossem tomados por um temor secreto. Muitos encontravam-se doentes, mas nenhum provocou distúrbios.

O tenente Kienze, alterado pela tensão, irritava-se por qualquer coisa – como o cardume de golfinhos que se aglomerava ao redor do *U-29*, em número cada vez maior, e a crescente intensidade daquela corrente para o sul, que não constava em nosso mapa.

Com o tempo, ficou claro que tínhamos perdido o *Dacia* por completo. Esses fracassos não são incomuns, e ficamos mais satisfeitos que desapontados, visto que nossa ordem, agora, era voltarmos para Wilhelmshaven. Ao meio-dia de 28 de junho, viramos em direção nordeste e, apesar de alguns problemas bastante cômicos com a multidão incomum de golfinhos, logo estávamos em marcha.

A explosão na sala das máquinas, às 2 horas da madrugada, pegou-nos totalmente de surpresa. Não se havia notado nenhum defeito nas máquinas, nem houvera qualquer descuido por parte dos homens, mas, sem aviso, o submarino foi sacudido, de ponta a ponta, por um imenso tremor. O tenente Kienze correu para a sala das máquinas, encontrando o tanque de combustível e a maior parte do mecanismo estilhaçados e os engenheiros Raabe e Schneider, fulminados instantaneamente. Nossa situação havia se tornado, de repente e de fato, muito grave, pois, embora os regeneradores químicos de ar estivessem intactos, e embora pudéssemos usar os dispositivos para subir à tona e submergir o submarino e abrir as escotilhas enquanto o ar comprimido e as baterias de armazenamento pudessem resistir, ficamos sem condições de impulsionar ou guiar o submarino. Buscar resgate nos botes salva-vidas seria entregarmo-nos nas mãos de inimigos, irracionalmente enfurecidos, de nossa grande nação alemã; e, com nosso telégrafo avariado desde o incidente do *Victory*, não conseguíamos entrar em contato com nenhum submarino amigo da Marinha Imperial.

Desde a hora do acidente até 2 de julho, navegamos, constantemente, para o sul, quase sem planos e sem encontrar nenhum navio. Os golfinhos ainda rodeavam o *U-29*, circunstância um tanto notável, considerando a distância que havíamos percorrido. Na manhã de 2 de julho, avistamos um navio de guerra, com as cores americanas, e os homens ficaram muito agitados, com a intenção de se render. Por fim, o tenente Menze viu-se obrigado a atirar contra um marinheiro chamado Traube, que exigia esse ato antigermânico com especial violência. Isso acalmou a tripulação por algum tempo, e submergimos, sem ser vistos.

Na tarde seguinte, um denso bando de aves marinhas apareceu, vindo do sul, e o oceano começou a agitar-se, ameaçadoramente. Fechando as escotilhas, ficamos no aguardo do que poderia acontecer, até que percebemos que teríamos de submergir, caso contrário seríamos inundados pelas ondas que se avolumavam. A pressão do ar e a eletricidade estavam diminuindo, e queríamos evitar todo uso desnecessário de nossos poucos recursos mecânicos; mas, nesse caso, não havia escolha. Não descemos muito, e quando, depois de várias horas, o mar estava mais calmo, decidimos voltar à superfície. Aqui, no entanto, surgiu um novo problema, pois o submarino não respondia a nossos comandos, apesar de tudo o que os mecânicos puderam fazer. À medida que os homens iam ficando mais assustados com essa prisão submarina, alguns deles começaram a resmungar, novamente, contra o ícone de marfim do tenente Kienze, mas a vista de uma pistola automática acalmou-os. Mantivemos os pobres-diabos tão ocupados quanto podíamos, mexendo nas máquinas, mesmo quando sabíamos que isso era desnecessário.

Kienze e eu, geralmente, dormíamos em horários diferentes; e foi durante meu sono, por volta das 5 horas da madrugada do dia 4 de julho, que o motim geral principiou. Os seis estúpidos marinheiros restantes, suspeitando que estávamos perdidos, explodiram, de repente, numa fúria insana, por nossa recusa em nos rendermos ao encouraçado ianque, dois dias antes, e num delírio de maldição e destruição. Rugiam como animais que eram e, descontroladamente, quebraram instrumentos e móveis, gritando não poucas bobagens sobre a maldição da estatueta de marfim e do jovem moreno morto, que tinha olhado para eles e saíra nadando. O tenente Kienze ficou paralisado e incapaz de reagir, como era de se esperar de um renano delicado e efeminado. Atirei em todos os seis, pois era necessário, e certifiquei-me de que nenhum ficasse vivo.

Livramo-nos dos corpos pelas escotilhas duplas e ficamos sozinhos no *U-29*. Kienze parecia muito nervoso e bebia muito. Foi decidido que permaneceríamos vivos o maior tempo possível, usando o grande estoque de provisões e o suprimento químico de oxigênio, que não haviam sofrido com a indisciplina daqueles malditos marinheiros. Nossas bússolas, nossas sondas e outros instrumentos delicados estavam arruinados, de modo que, dali em diante, nossa única possibilidade de cálculo seria um trabalho de estimativas, com base em nossos relógios, no calendário e em nossa aparente deriva, a ser avaliada por qualquer objeto que pudéssemos espiar pelas vigias ou da torre de comando. Felizmente, tínhamos baterias em estoque para longo tempo, tanto para a iluminação interna quanto para o holofote. Muitas vezes, dirigíamos o facho de luz ao redor do submarino, mas víamos apenas golfinhos nadando paralelamente ao nosso próprio curso, à deriva. Eu fiquei cientificamente interessado nesses golfinhos; pois, embora o *Delphinus delphis* comum seja um mamífero cetáceo, incapaz de sobreviver sem ar, observei um dos nadadores de perto, por duas horas, e não o vi alterar sua condição de submersão.

Com o passar do tempo, Kienze e eu concordamos que ainda estávamos à deriva, e rumando para o sul, enquanto íamos mergulhando cada vez mais fundo. Observamos a fauna e a flora marinhas e líamos muito sobre o assunto, nos livros que eu havia trazido para os momentos de folga. Não pude deixar de observar, contudo, o conhecimento científico inferior de meu companheiro. Sua mente não era prussiana, mas dada a imaginações e especulações sem valor. O fato de nossa morte iminente afetou-o de maneira curiosa, e ele orava com frequência, devorado de remorso, pelos homens, mulheres e crianças que havíamos afundado, esquecendo-se de que todas as coisas são nobres quando feitas a serviço do Estado alemão. Depois de um tempo, Kienze ficou visivelmente desequilibrado, olhando por horas para sua estatueta de marfim e tecendo histórias fantasiosas sobre as coisas perdidas e esquecidas no fundo do mar. Às vezes, como experimento psicológico, eu o incentivava em seus devaneios, e tinha de escutar suas intermináveis citações poéticas e histórias de navios naufragados. Tinha muita pena dele, pois não gosto de ver um alemão sofrendo; mas ele não era boa companhia para morrer. De minha parte, sentia-me orgulhoso por saber como minha Pátria honraria minha memória e como eu ensinaria meus filhos a ser homens como eu.

No dia 9 de agosto, avistamos o fundo do oceano e o vasculhamos com a poderosa luz do holofote. Era uma vasta planície ondulada, quase toda coberta de algas marinhas e salpicada de conchas de pequenos moluscos. Aqui e acolá, havia objetos viscosos, de contornos enigmáticos, cobertos de algas e incrustados de cracas, que Kienze julgou tratar-se de navios antigos que repousavam em seu túmulo. Ele estava intrigado com uma coisa, um pico de matéria sólida, que se projetava acima do leito do oceano, quase 1 metro em seu ápice, com cerca de 60 centímetros de espessura, de lados planos e superfícies superiores lisas, que se uniam em ângulo acentuadamente obtuso. Julguei que o pico era um afloramento rochoso, mas Kienze pensou ter visto entalhes nele. Depois de um tempo, ele começou a tremer, e desviou o olhar da cena, como se estivesse assustado; ainda assim, não conseguiu dar nenhuma explicação exceto que se encontrava deslumbrado pela vastidão, pela escuridão, pela distância, pela antiguidade e pelo mistério dos abismos oceânicos. Sua mente estava cansada, mas eu, como verdadeiro alemão que sempre sou, fui rápido em notar duas coisas: que o *U-29* suportava, de maneira extraordinária, a pressão do fundo do mar, e que os peculiares golfinhos ainda nos acompanhavam, mesmo numa profundidade na qual a existência de organismos altamente desenvolvidos é considerada impossível pela maioria dos naturalistas. Eu tinha certeza de que havia superestimado nossa profundidade, mas, mesmo assim, devíamos estar em águas razoavelmente profundas para que esses fenômenos se tornassem admiráveis. Nossa velocidade para o sul, medida pelo fundo do oceano, era a mesma que eu havia calculado a partir dos organismos com que cruzávamos em níveis mais elevados.

Foi às 15h15 do dia 12 de agosto que o pobre Kienze enlouqueceu de vez. Ele estava na torre de comando, usando o holofote, quando o vi entrando no compartimento da biblioteca em que eu estava lendo, e seu rosto traiu-o imediatamente. Vou repetir aqui o que ele disse, reforçando as palavras que enfatizou: "Ele está chamando! Ele está chamando! Eu o ouço! Devemos ir!". Enquanto falava, apanhou da mesa sua estatueta de marfim, guardou-a no bolso e agarrou meu braço, num esforço para me arrastar escada acima, até o convés. Em dado momento, entendi que ele pretendia abrir a escotilha e mergulhar comigo na água, uma doidice maníaca, suicida e homicida, para a qual eu não estava preparado. Enquanto eu recuava e tentava acalmá-lo, ele ficou ainda mais violento, dizendo: "Venha agora – não espere até mais tarde; é melhor arrepender-se e ser perdoado do que desafiar e ser condenado". Então, tentei fazer o oposto de meu plano de acalmá-lo, e disse-lhe que estava louco – lamentavelmente demente. Mas ele não se abalou, e gritou: "Se estou louco, é uma bênção. Que os deuses tenham piedade do homem que, em sua insensibilidade, pode permanecer são perante o terrível fim! Venha e seja louco enquanto ele ainda chama com misericórdia!".

Essa explosão pareceu aliviar a pressão em seu cérebro; pois, ao terminar, ficou muito mais tranquilo, pedindo-me que o deixasse partir sozinho, visto que eu não queria acompanhá-lo. Meu posicionamento no caso logo ficou claro. Ele era um alemão, sem dúvida, mas apenas um renano, e dos mais ingênuos; e, agora, era um louco potencialmente perigoso. Concordando com seu pedido suicida, eu poderia me livrar imediatamente de alguém que não era mais um companheiro, mas uma ameaça. Pedi-lhe que me desse a estatueta de marfim antes de partir, mas isso provocou nele uma risada tão esquisita que não insisti. Então, perguntei-lhe se gostaria de deixar alguma lembrança ou uma mecha de cabelos para sua família na Alemanha, caso eu fosse resgatado, mas Kienze voltou a dar aquela estranha risada. Assim, enquanto ele subia a escada, fui até as alavancas de comando e, esperando o tempo que calculei necessário, operei o mecanismo que o enviou para a morte. Depois de perceber que ele não estava mais na embarcação, dirigi a luz do holofote pela água em volta, na tentativa de vê-lo pela última vez, pois desejava saber se a pressão da água o tinha esmagado, como teoricamente deveria, ou se o corpo não teria sido afetado, como se via naqueles golfinhos extraordinários. Não consegui, porém, localizar meu último companheiro, pois os golfinhos se aglomeravam de tal modo em torno da torre que me impediam a visão.

Naquela noite, lamentei não ter tirado, disfarçadamente, a estatueta de marfim do bolso do pobre Kienze quando ele saiu, pois a lembrança daquele objeto me fascinava. Não conseguia esquecer a cabeça jovem e bela, com sua coroa de folhas, embora eu não seja um artista, por natureza. Lamentei também não ter com quem conversar. Kienze, embora não fosse mentalmente igual a mim, era muito melhor do que ninguém. Não dormi bem naquela noite, e perguntava-me quando, exatamente, haveria de chegar o fim. Com toda a certeza, minhas chances de resgate eram bem reduzidas.

No dia seguinte, subi à torre de comando e comecei as habituais explorações com o holofote. Para o norte, a vista era praticamente a mesma de todos os quatro dias desde que avistamos o fundo, mas percebi que a deriva do *U-29* era mais lenta. Ao direcionar o facho de luz para o sul, consegui ver que o leito do oceano, à frente, descia num declive acentuado e apresentava blocos de pedra curiosamente regulares em certos lugares, dispostos como se estivessem de acordo com padrões definidos. O submarino não desceu imediatamente para deslizar na maior profundidade do oceano, o que logo me obrigou a ajustar o holofote e dirigir o facho de luz, abruptamente, para baixo. Devido à repentina mudança, um fio se soltou, o que me exigiu muitos minutos para reparos; mas, finalmente, a luz voltou a brilhar, inundando o vale marinho abaixo.

Não sou dado a nanhum tipo de emoção, mas meu espanto foi enorme quando vi o que a luz elétrica revelava. E, no entanto, como alguém criado na melhor Kultur da Prússia, eu não deveria ter ficado surpreso, pois a geologia e a tradição nos falam de grandes transposições em áreas oceânicas e continentais. O que vi foi um extenso e elaborado conjunto de construções em ruínas; todas de arquitetura magnífica, embora inclassificável, e em vários estágios de preservação. A maioria parecia ser de mármore, brilhando de forma esbranquiçada sob os raios do holofote, e o plano geral era o de uma grande cidade no fundo de um vale estreito, com numerosos templos e vilas isolados acima, nas encostas íngremes. Os tetos haviam ruído, e as colunas estavam partidas, mas ainda permanecia um ar de esplendor imemorialmente antigo, que nada poderia apagar.

Confrontado, finalmente, com a Atlântida, que antes considerava em grande parte um mito, acabei me tornando o mais ansioso dos exploradores. No fundo daquele vale, um rio já havia corrido; pois, ao examinar a cena mais de perto, avistei os restos de pontes de pedra e de mármore e paredões, além de terraços e aterros que já tinham sido belos e verdejantes. Em meu entusiasmo, tornei-me quase tão idiota e sentimental quanto o pobre Kienze, e custei muito a perceber que a corrente marinha para o sul havia cessado, permitindo que o *U-29* pousasse, lentamente, sobre a cidade submersa, como um avião pousa sobre uma cidade na superfície da terra. Demorei, também, a reparar que o cardume de golfinhos incomuns havia desaparecido.

Depois de cerca de duas horas, o submarino parou numa praça pavimentada, perto da parede rochosa do vale. De um lado, eu podia ver a cidade inteira, descendo da praça até a antiga margem do rio; do outro lado, numa proximidade surpreendente, tinha diante dos olhos a fachada, ricamente ornamentada e perfeitamente preservada, de um grande edifício, evidentemente um templo, escavado na rocha maciça. Sobre o trabalho artístico original dessa coisa titânica só posso fazer suposições. A fachada, de imensa magnitude, aparentemente encobre um esconderijo vazio e contínuo, pois suas janelas são numerosas e amplamente distribuídas. No centro, abre-se uma grande porta, a que se chega por uma impressionante escadaria, rodeada por requintadas esculturas que parecem figuras de bacanais em relevo. Na frente de tudo estão as grandes colunas e frisos, decorados com esculturas de beleza indescritível; obviamente, retratam cenas pastorais idealizadas e processões de sacerdotes e sacerdotisas carregando estranhos objetos cerimoniais para a adoração de um deus radiante. A arte é da mais fenomenal perfeição, em grande parte helênica na idealização mas estranhamente alterada. Dá uma impressão de espantosa antiguidade, como se fosse mais antiga que a ancestral mais recente da arte grega. Nem posso duvidar de que cada detalhe dessa obra maciça tenha sido talhada na parede de rocha virgem de nosso planeta. Trata-se, claramente, de uma parte do paredão do vale, embora eu não possa imaginar como o vasto interior foi escavado. Talvez uma caverna, ou uma série de cavernas, foi aproveitada como parte central do templo. Nem o tempo nem a submersão corroeram a grandeza primitiva desse esplendoroso santuário – pois santuário, realmente, deve ser – e hoje, depois de milhares de anos, permanece imaculado e intacto na noite sem fim e no silêncio de um abismo oceânico.

Não consigo calcular o número de horas que passei contemplando a cidade submersa, com seus prédios, arcos, estátuas e pontes, e o templo colossal, com sua beleza e seu mistério. Embora eu soubesse que a morte estava próxima, a curiosidade me arrebatava, e eu dirigia o facho de luz do holofote em volta, numa busca frenética. A luz me permitia compreender muitos detalhes, mas se recusava a mostrar qualquer coisa para dentro da porta escancarada do templo escavado na rocha; e, depois de algum tempo, desliguei a corrente, consciente da necessidade de economizar energia. Agora, os raios de luz encontravam-se perceptivelmente mais fracos que durante as semanas de deriva. E, como que estimulado pela iminente privação de luz, meu desejo de explorar os segredos aquáticos crescia. Eu, um alemão, haveria de ser o primeiro a trilhar esses caminhos esquecidos!

Montei um traje de mergulho de alto-mar, feito de metal articulado, e experimentei-o, com a luz portátil e o regenerador de ar. Embora eu pudesse ter problemas em manobrar as escotilhas duplas sozinho, acreditava que poderia superar todos os obstáculos com minha habilidade científica e, de fato, caminhar em pessoa pela cidade morta.

No dia 16 de agosto, efetuei uma saída do *U-29* e, com dificuldade, atravessei as lamacentas ruas em ruínas, até o antigo rio. Não encontrei esqueletos nem outros restos humanos, mas recolhi uma fortuna de relíquias arqueológicas em esculturas e moedas. Sobre isso não posso falar agora, a não ser para expressar minha admiração por uma cultura em pleno apogeu de sua glória, quando os habitantes das cavernas vagavam pela Europa e o Nilo corria, despercebido, para o mar. Outros, guiados por este manuscrito, se um dia for encontrado, devem desvendar os mistérios que eu só posso sugerir. Voltei para a embarcação quando minhas baterias elétricas enfraqueceram, decidido a explorar o templo escavado na rocha, no dia seguinte.

No dia 17, à medida que minha vontade de solucionar o mistério do templo se tornava sempre mais insistente, uma grande decepção abateu-se sobre mim; pois descobri que os materiais necessários para reabastecer a lâmpada portátil haviam sido destruídos no motim daqueles porcos, em julho. Minha raiva ultrapassou todos os limites, mas meu bom senso alemão me proibia de aventurar-me despreparado, num interior totalmente escuro, que poderia ser o covil de algum monstro marinho indescritível ou um labirinto de passagens de onde nunca poderia sair. Tudo o que pude fazer foi acender o enfraquecido holofote do *U-29* e, com sua ajuda, subir os degraus do templo e estudar as esculturas externas. O facho de luz atravessou a porta num ângulo ascendente, e eu espiei para ver se conseguia vislumbrar alguma coisa, mas tudo em vão. Nem mesmo o teto era visível; e, embora eu tenha dado um ou dois passos para dentro, depois de testar o chão com um bastão, não ousei ir mais longe. Além disso, pela primeira vez na vida, experimentei a sensação de pavor. Comecei a compreender como algumas atitudes do pobre Kienze haviam surgido, pois, quanto mais o templo me atraía, mais eu temia seus abismos aquosos, com um terror cego e crescente. Voltando ao submarino, apaguei as luzes e fiquei pensando, no escuro. Agora, a eletricidade deveria ser economizada para emergências.

Passei o dia 18, um sábado, em total escuridão, atormentado por pensamentos e lembranças que ameaçavam vencer minha vontade alemã. Kienze havia enlouquecido e morrido antes de chegar a esse sinistro resto de um passado muito remoto, e havia me aconselhado a acompanhá-lo. O destino estaria, de fato, preservando minha razão, só para me levar, irresistivelmente, a um fim mais horroroso e impensável que aquele com que qualquer homem jamais pudesse ter sonhado? De fato, meus nervos estavam dolorosamente sobrecarregados, e eu tinha de me livrar dessas impressões de homens mais fracos.

Não consegui dormir na noite de sábado, e acendi as luzes, sem me importar com o futuro. Era irritante saber que a eletricidade não haveria de durar tanto quanto o ar e as provisões. Reanimei meus pensamentos sobre a eutanásia e examinei minha pistola automática. Perto da manhã, devo ter adormecido com as luzes acesas, pois acordei na escuridão, já na tarde de ontem, e encontrei as baterias descarregadas. Risquei vários fósforos, um atrás do outro, e lamentei, desesperadamente, o descuido que havia nos levado a gastar, desde o início, as poucas velas que carregávamos.

Depois de apagar o último fósforo que ousei desperdiçar, fiquei sentado, em silêncio e sem luz. Enquanto considerava o fim inevitável, minha mente percorreu os acontecimentos anteriores e desenvolveu uma sensação, até então adormecida, que teria feito estremecer um homem mais fraco e supersticioso. A cabeça do deus radiante, nas esculturas do templo de pedra, é a mesma daquele pedaço de marfim esculpido que o marinheiro morto havia trazido do mar, e que o pobre Kienze havia levado de volta para o mar.

Fiquei um pouco perturbado com essa coincidência, mas não apavorado. Só um pensador inferior se apressa em explicar o singular e o complexo pelo atalho primitivo do sobrenatural. A coincidência era estranha, mas eu era um pensador sólido demais para relacionar circunstâncias que não admitem nenhuma conexão lógica, ou para associar, de qualquer forma misteriosa, os acontecimentos desastrosos que se sucederam desde o caso do *Victory* até minha situação atual. Sentindo necessidade de mais descanso, tomei um sedativo e me garanti um pouco mais de sono. Meu estado de nervos refletia-se em meus sonhos, pois eu parecia ouvir gritos de pessoas se afogando e ver rostos mortos pressionando-se contra as vigias do submarino. E entre os rostos mortos estava o rosto vivo e zombeteiro do jovem com a imagem de marfim.

Devo tomar cuidado na forma como vou registrar meu despertar hoje, pois estou esgotado, e muitas alucinações estão, inevitavelmente, misturadas aos fatos. Do ponto de vista psicológico, meu caso é por demais interessante, e lamento que não possa ser observado cientificamente por uma autoridade alemã competente. Quando abri os olhos, minha primeira sensação foi um desejo irresistível de visitar o templo de pedra; um desejo que crescia a cada instante, mas ao qual eu procurava, instintivamente, resistir, por meio de alguma sensação de medo, que agia na direção oposta. Em seguida, tive a impressão de uma luz no meio da escuridão das baterias descarregadas, e parecia ver, na água, uma espécie de brilho fosforescente pela vigia que dava para o templo. Isso despertou minha curiosidade, pois eu não conhecia nenhum organismo do fundo do mar capaz de emitir tal luminosidade.

Mas, antes que eu pudesse investigar, tive uma terceira impressão, que, de tão irracional, fez-me duvidar da objetividade de qualquer coisa que meus sentidos pudessem registrar. Foi uma ilusão auditiva; uma sensação de som rítmico e melódico, como um canto selvagem, mas belo, ou hino coral, vindo de fora, através do casco absolutamente à prova de som do *U-29*. Convencido de minha anormalidade psicológica e nervosa, acendi alguns fósforos e servi uma dose concentrada de solução de brometo de sódio, que pareceu me acalmar, a ponto de acabar com ilusão de som. Mas a fosforescência permaneceu, e tive dificuldade em reprimir um impulso infantil de ir até a vigia e procurar sua fonte. Era terrivelmente real, e logo pude distinguir, com sua ajuda, os objetos familiares a meu redor, bem como o copo de brometo de sódio vazio, do qual, antes, não tivera nenhuma impressão visual de sua localização atual. Essa última circunstância me fez refletir; cruzei a sala e toquei o copo. Na verdade, estava no lugar em que me parecia tê-lo visto. Agora, eu sabia que a luz era real, ou parte de uma alucinação tão fixa e consistente que eu não tinha esperança de eliminar; então, abandonando toda resistência, subi até a torre de comando para procurar o ponto de origem da luz. Não poderia ser, realmente, outro submarino, oferecendo possibilidades de resgate?

Acho bom que o leitor não aceite nada do que se segue como verdade objetiva, pois, como os acontecimentos transcendem a lei natural, eles são, necessariamente, criações subjetivas e irreais de minha mente sobrecarregada. Quando cheguei à torre de comando, achei o mar, em geral, muito menos luminoso do que esperava. Não havia fosforescência animal nem vegetal por perto, e a cidade que descia até o rio era invisível na escuridão. O que vi não foi espetacular, nem grotesco, nem assustador, mas eliminou meu último resquício de confiança em minha consciência. Isso porque a porta e as janelas do templo submarino, escavadas na colina rochosa, brilhavam intensamente, com um brilho bruxuleante, como se tivesse origem na poderosa chama de um altar, em seu profundo interior.

Os incidentes posteriores são caóticos. Enquanto eu olhava para a porta e as janelas, misteriosamente iluminadas, fiquei sujeito às mais extravagantes visões – visões tão extravagantes que não consigo nem mesmo descrevê-las. Imaginei ver objetos no templo; alguns parados, outros em movimento; e me parecia ouvir, novamente, o canto irreal que vinha flutuando até mim quando acordei. E, acima de tudo, surgiram pensamentos e temores que se concentravam no jovem do mar e na imagem de marfim, cuja escultura estava reproduzida no friso e nas colunas do templo diante de mim. Pensei no pobre Kienze, e perguntei-me onde estaria repousando seu corpo, com a imagem que ele havia levado de volta para o mar. Ele havia me advertido sobre algo, e eu não lhe dera atenção – mas tratava-se de um renano de cabeça mole, que enlouquecia com os problemas que um prussiano podia suportar com facilidade.

O resto é muito simples. Meu primeiro impulso, de visitar e entrar no templo, havia se tornado, agora, uma ordem inexplicável e imperiosa, que, em última análise, não podia ser questionada. Minha própria vontade alemã já não conseguia controlar meus atos, e a volição, dali para a frente, só seria possível em questões menores. Fora essa loucura que levou Kienze à morte, com a cabeça descoberta e desprotegida no oceano; mas sou um prussiano, e um homem de bom senso, e usarei até o fim o pouco que dele me resta. Quando percebi, pela primeira vez, que deveria ir, preparei meu traje de mergulho, o capacete e o regenerador de ar, e imediatamente comecei a escrever esta crônica apressada, na esperança de que algum dia ela possa chegar ao mundo. Vou encerrar o manuscrito numa garrafa e confiá-lo ao mar, ao deixar o *U-29* para sempre.

Não tenho medo, nem mesmo das profecias do tresloucado Kienze. O que vi não pode ser verdade, e sei que essa loucura de minha própria vontade, no máximo, só vai me levar à asfixia quando meu ar acabar. A luz do templo é pura ilusão, e morrerei, calmamente, como um alemão, nas negras e esquecidas profundezas. Essa risada demoníaca que ouço, enquanto escrevo, vem apenas de meu próprio cérebro enfraquecido. Por isso, vestirei meu traje com cuidado e, com coragem, subirei os degraus para entrar no santuário primitivo, naquele segredo silencioso de insondáveis águas e incontáveis anos.

Impressão e Acabamento
Gráfica Oceano